打开幸福的窗口

贯 曦　著

克孜勒苏柯尔克孜文出版社
新 疆 电 子 音 像 出 版 社

图书在版编目(CIP)数据

魅力文丛 / 卓尔主编.—阿图什：克孜勒苏柯尔克孜文出版社；乌鲁木齐：新疆电子音像出版社，2003.12（2009年12月重印）

ISBN 978-7-5374-0484-6

Ⅰ.魅… Ⅱ.卓… Ⅲ.故事—作品集—中国—当代 Ⅳ.I247.8

中国版本图书馆CIP数据核字(2003)第125254号

丛书名　魅力文丛
主　编　卓　尔
本册书名　打开幸福的窗口
作　者　贾曦
责任编辑　郑红梅　刘伟煜　张莉涓
书籍设计　党　红
出　版　克孜勒苏柯尔克孜文出版社
　　　　新疆电子音像出版社
地　址　乌鲁木齐市西虹西路36号
邮　编　830000　电话：0991-4690475
发　行　新华书店
印　刷　三河市华晨印务有限公司
开　本　850×1168毫米　1/32
印　张　5.75
版　次　2009年12月第2版
印　次　2009年12月第1次印刷
书　号　ISBN 978-7-5374-0484-6
定　价　298.00元（全十一册）

前言

每一个人的生活中都有坎坷,每一个人的生活里都有欢笑, 每一个人在生活中都能体验到爱和恨。怎样让我们的生活精彩,怎样让我们的心情舒畅, 怎样让我们把自己的爱延续? 它需要热情,它需要执着,它需要奋斗,它需要能力,但更需要滋润和理解。

我希望每一个热爱生活的女性都能自尊、自爱、自强、自信。愿每一个女性的内心世界都充满明媚的阳光,愿每一个女性都生活的无比幸福。

2005 年 5 月 24 日

目 录

百鸟朝凤

你从天边的地平线上走来
带着纯朴、带着泥土的芬芳
你那与生俱来的纯真、风趣和质朴
孕育了你的倔强和执着

你曾为音乐付出多少艰辛
你曾为音乐趟过无数的坎坷险滩
现在你终于踏上了自己喜爱的音乐征程
是音乐之声的澎湃浪潮
深深刻画在你的精髓里

是音乐让你无所畏惧、让你废寝忘食
是音乐让你的生活充满自信、充满阳光
你为了你爱的音乐
就像热爱自己的家乡和亲人一般
为了哺育大地音乐之子的茁壮成长
你呕心沥血、你困苦操劳
是音乐精灵的召唤

让你奋斗不止、精神振奋

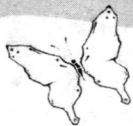

是你对音乐的追求和升华
让多少桃李登上音乐圣殿的领奖台
在掌声、鲜花、泪水和喜悦的欢呼声中
你没有停止音乐事业发展进步的脚步
你的付出、你的热血，你的歌声、琴声和音乐文化
正引领大家在“金风吹来的时候”
讲述我们大家“春天的故事”
带领我们在“跑马溜溜的山上”
豪迈地感受着“世纪春雨”
是你让大家“在希望的田野上”
在“山丹丹开花红艳艳”的今天
记住了“今天是你的生日”
是你让大家的心情“越来越好”
是你让大家知道了“幸福在哪里”
是你把“英雄赞歌”献给了我们“永远的朋友”
你正在汇集百鸟朝凤的壮丽景观让我们读懂和感受到
一个热爱自己事业并为之献身奋斗的人
她永远都会沉浸在幸福和欢乐的海洋中

泪花与喜悦

你是我眼中的泪花
你是我心中的喜悦
你是我思念中的梦
你是我人生笑的根源

你不该对我冷漠
让我内心酸楚
你不该对我不理
让我不知所措

你是为我而来
不要带太多的忧愁
你是因我而生
千万不要时聚时散

你是我生活的寄托
你是我的耕耘与收获
你是我生活的支柱
你是我的希望与成功
你是我今生今世的泪花与喜悦

和你一起飞

你说你是我的无怨无悔
你说你是我的快乐和眼泪
你说你是我的梦幻世界
你说你要带我一起飞
我没有失言
我要带你飞越高山峻岭
我不会离开你
我就在你的心田上空
没有相连的线,但有相牵的情
我就要和你一起飞
穿越风雨搏击梦中长空
我要和你一起飞
哪怕我在风雨中跌坠
我也心甘情愿
我要和你一起飞
一起在云中追逐
一起在雨中反转
一起在风中飘荡
一起在蓝天下飞翔

我的心

我的心被燃烧过
我的心被暴雨淋伤过
我的心被痛苦煎熬过
我的心被冰雪封冻过
我的心火没有灭焰
我的心雨现已停止
我的心没有苦不堪言
我的心已被春风暖融
我学会拯救自己
找回不完美中的完美
我学会让自己坚强
我能够捂住自己流血的心
捧出这颗跳动的心
让重点燃的心火更烈
让重新洗涤的心灵更明净
让重新见到阳光的心更明媚
让重新拯救的生命更有诗意

随你而来的爱

当你落入尘世
就已经带上了你的爱
它可能包裹在苦水里
它可能浸泡在花蜜中
它可能飘落在美酒里
它可能沉浮在咖啡上

你的爱可能是一生的热情
它燃烧不尽
你的爱可能是悲伤苦闷
它无以诉说
你的爱可能是平平淡淡
你的爱可能是波澜壮阔

怎样打开爱的画卷
怎样阅读爱的内容
怎样看清爱的瀑布
怎样感受爱的真谛

不论它怎样索然无味

不论它怎样丰富多彩
不论它怎样浪漫无暇
你都需要用你的一生
去体会追随着你的爱

陪我走过每个春夏秋冬

你从来对我无言
你从未向我表白
你总是在我孤独的时候
默默陪伴着我
你从不向我咆哮
你从不对我愤怒
你总是在我悲伤的时候
敞开胸怀承接我的每一滴泪水
你从没有拒绝过我
你从不嘲笑我的幼稚
你从不嫌弃我的懦弱
你总是无语地拥抱着我
陪我战胜坎坷
陪我走出困惑
你用你的温情
你用你的深爱
耐心等待着我的成熟
默默无语地陪我走过每个春夏秋冬

你为什么

你为什么会像星星一样
始终不变地向我眨眼
你为什么会像雪花那样
总是轻轻亲吻我的脸庞

因为你是我的情
因为你是我的爱
因为你是我的宝贝
因为你是我的所有

你为什么会像彩虹
总是在我满怀忧愁时在心空中飘荡
你为什么会像开遍大地的鲜花
总是在我喜悦的时候绽放
你不必担心自己
你不要躲避伤害
你不应该哭泣
你不要太难过
太阳月亮大海和高山永远都在守护着你

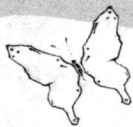

朋 友

你在我的心中
是冰心玉壶
你在我的脑海中
是翱翔的海燕
你在我的生活里
是真情对白
你在我的工作中
是不灭的烛光

我和你风雨同舟
我和你欢乐与共
我和你风险共担
我和你相濡以沫

当你遭受痛苦时
我会为你抚平伤口
当你泪流满面时
我会为你擦去泪痕
当你需要淌过急流
我会为你搭建桥梁

当你需要一片天空
我会为你头顶丹阳
我没有嘹亮的歌喉
我也要为你喝彩
我没有强大的力量
我也愿为你扬帆
你是日月我是星空
你是风我是沙
你是雨我是水
你是花我是蜂
你是我终身的追随

我要和你共饮长江黄河的水
我要和你共同品味人生
我要和你同唱一首赞歌
我要为你送去最美好的祝愿
我要让你的春天鲜花盛开
我要让你的宇宙万紫千红

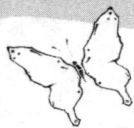

满遭损 谦受益

你觉得不满意
你就会去争取
你觉得不如意
你就会去奋斗
你觉得不顺心
你就会去调整
你觉得不快乐
你就会去寻找原因

满足会使你懒惰
满意会让你颓废
满足会让你萎缩
满意会削弱你的意志

谦虚能让你受益
谦恭能免受伤害
谦让能避免杀伤
谦逊能让你载誉

不一样的感觉

同样在一所学校学习　走出校门后的路不一样
同样在一个单位工作　前进的脚步不一样
同样在一个家庭生活　对生活的志向不一样
同样在一片天空下忙碌　生活的心情和质量不一样

人生的舞台是共同的
战场的胜利和失败不同
考场的欢笑和泪水不同
赛场的喜悦和痛苦不同

同样的泪水里有甜有咸
同样的欢笑中有苦有涩
同样的道路中有艰有险
同样的生活中有乐有哭

世界给了我们很多很多的一样
也让我们看到了很多的不一样
世界给了我们很多很多的不一样
又让我们体验了很多很多的一样

爱的不等式

你认为爱是什么
是你的一切
是你的所有
为了爱你可以抛弃一切
那爱给了你什么
给的是失望　是沮丧　是痛苦

为了爱你不顾一切
你换回了什么
什么也没有
看吧什么也没有
你还相信你的爱吗
自己的选择要自己定夺
要尊重自己　要爱护自己　要为自己着想
爱的付出和爱的回报是不相等的
你怎样找到你心中的等式
多问问自己　多想想自己
不要有怨言　不要颓废　爱的不等式是自己书写的
要珍惜自己　爱在你的心中　爱的等式在你的心中

爱的赞歌

可以赴汤蹈火
可以抛弃一切
可以嫉妒杀戮
这都是爱的激情让人亢进
为了维护爱
它需要滋润
它需要尊重
它需要欣赏
它需要熏陶
它需要责任
这都是对爱的解读让人理智
对爱的享受
它能给你浪漫
它能给你温馨
它能给你生命
它能给你依托
这都是对爱的执着换回的幸福与陶醉

沉默是金

对每一个人的爱不需要语言
从你温情的双眸中可以读懂
对每一个人的恨不需要咆哮
从你愤怒的双眉中可以感到
对一切的不如意不用去控诉
从你无奈的双眼中可以看到

沉默是金　沉默是金
沉默不是无言
它告诉你态度
沉默不是无语
它告诉你立场

沉默是一种思考
沉默是一种沉淀
沉默是一种积累
沉默是一种选择

要学会含蓄　沉默是你的朋友
要学会忍耐　沉默是你的伴侣

要学会升华　沉默是你的台阶
要学会成功　沉默是你的必须
沉默是一把伞　它为你遮挡风雨
沉默是一盏灯　它为你照亮黑暗
沉默是一把剑　它为你驱赶恶魔
沉默是一条船　它带你到达彼岸

沉默让我们学会冷静
沉默让我们懂得宽容
沉默让我们厚德载物
沉默让我们奠定基石

不是因为沉默就停止不前
不是因为沉默就不奋进
而是因为沉默
给了我们时间去拼搏
而是因为沉默
让我们看清航行的灯标
沉默是金　沉默是金
沉默是我们人生最好的避风港
沉默拒绝纷争　沉默远离沙场
学会沉默是我们获得和平进步的必须

留住幸福

人们每天都在祈盼幸福
人们每天都在追求幸福
人们每天都在等待幸福
人们每天都想得到幸福

幸福的涵义是什么
是相逢是相识是相知
是相近相亲相爱
是相同相随相伴
是互通是给予是相容

为什么幸福与痛苦
总是孪生姐妹
为什么幸福与痛苦
总是交织缠绕

怎样才可以得到永久的幸福
只有找到勤奋刻苦
只有找到诚实进步
只有找到温存宽容　我们就能把幸福留住　把幸福留住

包容一切

事事如风
事事如云
事事如烟
事事如雨

事过知人
过事知心
事过知情
过事知意

历史见证
千篇一律
善恶终未
自作自受

无需修饰
无以遮挡
岁月峥嵘
自有公道

打开幸福的窗口

每个人都向往着幸福
每一个人都在为幸福奋斗
每一个人希望快乐
每一个人都在为快乐铺路
快乐的窗口
在自己的心里
快乐的笑容
要印在自己的脑海中
快乐的生活
从自己的双手中创造出来
不要封闭自我
不要压迫自己
快快打开幸福的窗口
让自己的心
像万花筒中的彩图
绚丽多彩
让自己的生活
像万家灯火一样夺目

人生旁白

我是迷失方向的羔羊
我是断了线的风筝
我是空中飘落的雪花
我是坠入大海中雨滴

你不要难过
有牧民在寻找他丢失的羔羊
你不要哭
放筝人正在寻找他的所爱
你不要觉得心中无主
天空要拥抱他的钟爱
你不要再沉沦
大海正在亲吻它的每一滴水
千万别再难过
你的难过别人都有
千万别哭泣
你的困惑他人也有
只要你有信心、只要你足够坚强
你一定能够战胜一切困难
等待你的将是阳光明媚的春天

绝不言愁

你还不赶快振奋
还不快快收回回忆的梦想
那不是你生存的寄托
言愁、行愁、思愁、梦愁
都不能将你解脱
生活的希望、生活的气概
是拼搏、是奋进、是追赶和向往
绝不言愁——再不言愁——永不言愁

你是我的风

你是我的春风　温暖而和丽
吹开心中千朵花　催开人间万般情
你是我的秋风　惹人忧愁惹人烦
来得匆匆去得急　让我不知你的用意

你是我的夏风　夹着燥热夹着火
又有风来又有雨　又有情来又有恨
你是我的冬风　寒冷而凛冽
带着无情　带着无义
让人痛苦　让人流泪

你是我的风　你是我的喜悦
你是我的风　你是我的忧愁
你是我的风　带来幸福
你是我的风　带来希望
告诉我你的来意
这都是命运——命运——命运

自信 勤奋 谦和

自信、勤奋、谦和是女人的三大法宝
自信向你吹响奋发图强的号角
勤奋是你实现人生梦想的温床
谦和让你懂得生活哲理

自信、勤奋、谦和让你牢记生活轨迹
漂亮、灵气、娇美会让你失去生存的本能
自娇、自赏、自傲会吞噬你的灵魂
狂躁、无为、无知会毁灭你的花环

历经生活苦难的女性
只有自信、勤奋、谦和是你的忠实朋友
无论多么困惑
无论多么艰难
它是你游出苦海的筏
它是你走出苦难的灯
它是你生活的灵魂
它是你获得人生幸福的三大法宝

憧憬爱的模样

青春时代爱的憧憬是浪漫的
恋爱之时爱的梦想是美丽的
走进婚姻后的爱是五味难言的
体味爱情生活的滋味是不重样的

爱情是一枝绽放的花
它为谁开、为谁艳、为谁而落
像海不扬波的爱在你手中捧不住
像高山名川沙塔般的爱在你手中握不住
像镜中明月的爱你唤不出
像梦中憧憬的爱不能苏醒

浪漫的爱是可以幻想的
美丽的爱是没有边际的
但你的爱和我的爱一样
真实的爱不是刻意苦求的

不要被虚构的爱迷惑,不要为爱而哭泣
只有你心中的挚爱才是最永恒的

不要让手中的风筝断了线

我是你镌刻的画
我是你打造的精灵
我是你生命中的全部
我是你放飞的风筝

我看到了
我感觉到了
不论飞得多高
不论飞得多远
我的眼睛从来没有离开过你

对你的爱从没有不理不睬
对你的情从没有不在意
甜蜜的语言永远都温暖人心
但只有事实可以鉴定一切

相爱的情不能忘
相爱的手要拉紧
手中的风筝不能断线
爱的画面永远都是最美丽的

风雪年华

出生在火红火红的年代
体验艰难困苦的岁月
任劳任怨抚育着孩子
辛勤耕耘着事业家庭的田地

迎春飞花落无语
欢颜笑语喜相悦
夫妻相随琴和乐
儿有出息老有福

无悔自己的一生
无怨自己的付出
丰收的硕果挂满枝头
人生的旅途留下串串脚印

走过风雪岁月的年华
用自己的默默言行
用自己的无私奉献
书写出壮丽的人生诗篇

感谢生活

感谢上苍给了我们一片蔚蓝的天空
感谢上苍给了我们一个火红的太阳
感谢上苍给了我们一轮明朗的月亮
感谢上苍赐给予了我们生存的天地

感谢生活让我们体验了艰难
感谢生活让我们找到了幸福
感谢生活让我们找到了友谊
感谢生活让我们看到了自我

我们没有理由让自己沮丧
我们没有理由让自己哭泣
我们没有理由向他人索取
我们没有理由怨恨不平的一切

让我们热情地拥抱生活拥抱明天
让我们珍惜我们所得到的一切
让我们冲击未来
让我们去尽力拼搏
让我们感谢上苍感谢父母感谢朋友感谢生活

化蛹为蝶

我不知道我小的时候为什么那样丑陋
我不知道我将会变成什么样子
我痛苦　我伤心　我痴迷　我困惑
在人生茫茫的风雨路程上
我一直在彷徨　一直在寻找

我得到了大自然的宠爱
我得到了温暖的阳光
我得到了雨露的滋润
我得到了亲情友情的挚爱

我倍加珍爱生活
我更加热爱这个世界
我看到了壮丽的彩虹
我找回了自我
我实现了我的理想
我现已经化蛹为蝶在翩翩起舞
在色彩斑斓的大世界大自然中我已找回自我化蛹为蝶

忙碌

起初看着父母忙碌　稍大为了学习忙碌
接着为了工作忙碌　成熟了为了家庭忙碌

心没有松懈　脚步没有停止
因为无尽的忙碌　带来的是极度的疲惫

要学会清静
要懂得调整
要掌握规律
要知道忙中偷闲

闲非无思无虑
闲非销声匿迹
闲是养精蓄锐
闲是蓬勃奋发

在这忙碌的一生中
你要拥有健康
你要拥有热情
你要学会调整
你要知道忙中有闲

善良系真情

你拥有天生的丽质
确从未有过索求
至始至终为人处事
都是以善良为本

因为善良而与世无争
因为善良跨跃苦难
因为善良上苍赐予真情
因为善良而系人间真情

多少磨砺多少困苦
从没有失去善良的本质
多少收获多少喜悦
更没有忘却善良的心

在人生的长河中
善良是你的中流砥柱
善良是你的人生灯塔
是你的善良系住了人间最宝贵的真情、友情和爱情

我喜欢

我喜欢梅花
在冬雪中绽放
我喜欢雪莲
在冰峰上微笑

我喜欢秋菊
它能明理自赏
我喜欢兰草
它简洁明快

我喜欢古朴
纯真自然
我喜欢时尚
进步更新

我喜欢自由
无拘无束
我喜欢宁静
独思遐想

点与面

你的这一点没有做好
可能影响你的亲情
你的那一点没有做好
可能破坏你的爱情
你的缺点没有注意
可能损伤你的形象
你的错误没有纠正
可能埋没你的一生

小的缺点与错误不在意
就会从庇斑到溃疡
从蔓延到体无完肤
从点 联成片 结成面
葬送你的所有

我们要像剔除脓疮一样
总结、改正自己生活工作中的不足
要不断反审更新自我
要有斩钉截铁的意志
割断铲除发现的所有错误
让自己宽慰、愉快、进步、发展

心　境

在天真浪漫的岁月里
心中的天是湛蓝湛蓝的
在历经风雨的年代里
心中的天是变幻无穷的
幸福的时光
总有彩虹伴随在我心中
痛苦的时刻
看到的心境是乌云翻滚
心跟着感觉走　心境跟着感觉变
因为无力
不能自由翻转心境的图片
在学会生活的今天
是理想、是追求、是内涵
让我们可以随意调解我们自己的心境
心可以像海一样宽阔
心可以像高山一样深远
心可以像明月一样爽朗
心可以像星空一样灿烂

写给父母的寄语

我们都是人类的种子
都是在母亲的腹中孕育出来的生命
都是父母用心血把我们喂养
都是父母用一生的收获把我们托起

在长大成熟的今天怎能忘怀父母的养育恩情
望着年迈的父母
为您们分忧是我们的义务
为您们解难是我们的责任
为您们带去欢乐是我们应该的
给您们一个幸福的晚年是我们要做的
爸妈,孩子不会忘记您们给予的一切
我们会用努力去实现
爸妈,孩子不会忘记您们的教诲
我们会认真做人
爸妈,孩子不会忘记您们为我们的付出
我们会加倍回报
我们要让父母快乐
我们要让父母幸福
我们要让父母享受人生快乐

长相依

天空时有阴雨　但彩云和晴朗是主题
天空时有雷声和闪电　但彩虹经常展现在眼前
大地静静无言　也有地崩山裂
天空默默无语　也有狂风暴雨
但为什么天地确总能相依相偎
为什么天与地的情总能长相守
鱼儿离不开水
鸟儿在蓝天飞翔
蜂儿追吻着彩蝶
鸳鸯在水中嬉戏

人与人　情与爱为什么不能长交织长携手
我要让彩云去追那明月
我要让溪水绕着高山
我要让我的情和我的爱永远相伴相随
我要让你和我永远也不分离
我要忘却所有的烦恼
我对曾经有过的所有痛苦与忧愁失去了记忆
我只要与你长相守　只要与你长相守
今生今世有多少艰辛困惑我都要与你坚定地走完人生路

不知你明天是否依旧爱我

在浩瀚的星空里我与你相见
在岁月的长河里我与你相遇
在遥远无尽的路途中我与你相逢
是天意是地合是前世之姻

在割不断的千丝万缕中
一根根无形绳索缠绕着
一张张无形的网笼罩着
你和我注定终身要相依相随

为了幸福的生活共同奋斗
为了我们的家园共同营造
为了我们的理想共同追忆
你和我约定要共守这份契约

岁月在流失　历史在更新
梦想在实现　往事不堪回首
你是否还坚守诺言
你是否还倦恋过去
在鲜花簇拥灿烂辉煌的明天
你是否依旧爱着你过去的选择

任逍遥

江边驻满船
山上枫叶红
云清雾淡闻笛声
人伫船头满江红

霞光映初日
霜雪挂窗前
万仞高山依涯边
碧波翻浪推船行

远看一叶舟
近看一页帆
好似无人驾
任其自逍遥

护士之歌

当我插上理想翅膀的时候
我就在向我的梦想飞越
我找到了我的永远
选择了我的崇高职业
我非常尊重自己的抉择
我在默默无闻地耕耘
我在努力认真地工作
我在我的岗位上尽职尽责

我步履轻盈　我温情大方
我神情爽朗　护技娴熟精湛
我在为患者排扰　我在为患者除痛
我用我对工作的热情　用我对生活的挚爱
我在平凡的工作岗位上为给每一位患者送去丝丝爱心

我用我的爱　我用我的情　我用我的满腔热血
书写一篇又一篇人生壮丽的诗篇
我爱我的职业　我尊重我的选择
我对我今生作为一名普通的护士　无怨无悔
在平凡岗位上用我的身心要唱一曲美丽动听的护士之歌

柔情丽人

明眸皓齿纤纤玉指
燕语莺啼双腮绯红
识音阅曲弹琴鼓瑟
飞针走线锦绣山河

柳腰轻飘玉树临风
吟诗绘画致闲情逸
情意缠绵款款妖娆
精美仙姿高贵风雅

眉眼似水风姿绰绰
窈窕妩媚无处寻觅
千娇百媚国色天香
沉鱼落雁倾城倾国
花儿含笑静见怡雅
喧嚣闹市充耳不闻
月影临窗夜思梦幻
风雪日丽三千余年
追踪千古日月辉映

我要让世界都知道您是我惟一的选择

我在夜空中　在闪烁的星海里把你摘取
您就是我的启明星
我在踏遍万水千山的寻觅中把你找到
您就是我幸福的心泉
我在波涛汹涌的大海中航行
您就是把握我前进的舵手
我在漫漫人生的旅途中跋涉
您就是我的人生导师

是您用广阔的胸怀
拥抱了我这棵小草
是您用双手把我捧上蓝天
让我展开理想的翅膀
是您用知识铸造了力量
是您让智慧放出光芒
我要让世界都知道　是您给了我生命和沃土
我要让世界都知道　是您给了我天地和情爱
我要让世界都知道您是我惟一的选择　惟一的选择

所爱的和所恨的

多少艰辛
多少磨难
多少徘徊
从没有把爱的河堤冲毁

多少无奈
多少无情
多少无意
多少无语
把恨镌刻无法洗净

感受所有的爱和所有的恨
沉昏、迷茫、魂散、神离
感受的爱和恨已被泪水染得模糊不清
已让哭泣和悔悟交织得无法鉴别
对过去的真爱、相爱、可爱
已经慢慢淡忘
对现在虚伪的、无情的、憎恨的
却日见清晰

“7+7”的女人

我不知道你的名
但我知道你无语而飘洒
我不知道你的姓
但我知道你温柔贤淑
我不知道你是谁
但知道你端庄秀丽

你的微笑尽洗尘俗
你的眉眼清灵迷人
你的举止醉人心怀
你的行态娇媚惹人

你爱用豁达梳理忧虑
你喜欢用知识保养内涵
你懂得用严谨约束浮躁
你选用智慧妆点风采
握住“7＋7”的女人
能驾驭生活
能改变命运
能超凡脱俗
能让自己的心——静如止水

心中的小鸽子

我的小鸽子　我的小鸽子
你在妈妈的呵护下长大
你在妈妈的羽翼下避风
你在妈妈的怀里酣睡

小鸽子　小鸽子
你和妈妈一起飞翔
你和妈妈一起遨游蓝天
你和妈妈一起享受爱和自由

小鸽子　小鸽子
我心中的鸽子
你是幸福快乐的小鸽子
你是妈妈心中爱的小鸽子
你在妈妈的哺育下已经长大了

小鸽子　小鸽子
已经长大了的小鸽子
你是妈妈心中的最爱
你的羽毛洁白而光亮

你的身姿柔美而矫健
你能在风雨中搏击
你能在海啸中冲刺
你不怕困难
你不怕艰险
你在展翅　你在飞翔
你可以飞越高山　你可以飞越峻岭

我的小鸽子　我的小鸽子
妈妈心中最爱的小鸽子
妈妈心中的最爱
妈妈坚信你　妈妈坚信你
你不会忘记自己的责任
你不会忘记自己肩负的重任
你会带着妈妈的希望　你会带着妈妈的嘱托
一定能够用自己那几经风雨
几经锻炼坚忍不拔的翅膀
飞越困惑　飞越障碍　直上蓝天
完成自己的使命
飞到理想的目的地　找到你的一切
过上你那幸福自由快乐的生活

破碎的心

童年的时候　拥有一颗幼稚心
青春激荡的时候　这颗心在澎湃
在品尝爱的年代里　这颗心累了
当风雨袭卷的时候　这颗心没有了遮拦

心被狂风摧残
心被骄阳烧灼
心被无情践踏
心被无义抛撒

这颗幼稚的心　空虚了
这颗曾年轻的心　疲惫了
这颗为情和爱动的心　破碎了
它从此掉进了泪水的苦海

再也没有激情
再也无法修复
再也无法挽回
再也追不回飘逝的已往

只有自己捧着这颗破碎的心　凝视它
默默寻找伤痕累累的原因
只有用自己流淌的鲜血吻着它让它思索

这颗倍受伤害而破碎的心
已经很难　很难　再修复了

细说人生

在生活中
责任重于泰山
为妻儿为父母
一片热诚一片忠心

你思维敏捷
你双手灵巧
你做事细腻
你镌刻生活

在工作中
努力拚搏　努力奋斗
用双手编织梦想
用双手创造奇迹

上苍赐予潇洒的容貌
家庭给予愉快的心情
自己造就成功的事业
肩负社会赋予的重任

续 缘

是前世之缘
让你对千年沧桑而无言
是前世之缘
让你在万人之海中找到了我
不论我漂流得多远
你总在我的梦中
你是我的骄阳　你是我的小溪
你是我的彩虹　你是我的风帆
我们要一起淋雨　我们要一起看雪
我们要一起踏青　我们要一起牵手
让千年键锁住
让长青树缠绕
让我的眼睛中永远是你
走不出的是爱的漩涡
逃不脱的是爱的烟雾
一个看不见的情蚕
包裹着没有续完的姻缘

萦思惊梦

当你说你傻的时候
我是你的覆辙
当你说你笨的时候
我是你的翻版
当你言古论今领悟的时候
我是你复述经典的人
在独自感受悲愤的时候
伤心的痛苦看不到痕迹
在独自吞饮困苦的时候
哭泣的双眼没有泪水
是岁月让你铭记过去的惆怅
是生命让你回味曾经的脆弱
是炉灶的火光照亮胸膛
是生活的现实唤醒了沉睡的山
是萦思惊梦的夜话
和灼红的烙铁
印下深深的烙印

至亲真爱

你是我梦中追忆的人
为了梦我可以抛撒一切
你是我命中注定的人
为了爱我必须锁定所有
我要看着
你不能离开我的视线
我要闻到你的气息
你不能走得太远
直到看到你的皱纹　直到看到你的白发
直到听见你的心跳　直到听到你的呼吸
我要紧紧跟随在你的身边
我要抱着我的梦
我要锁住我的情
我要把我的至亲真爱
守卫到底
直到我的呼吸停止、心跳停止、梦幻停止

玉琴颂吟

带着羞涩
带着纯洁
带着真诚
走进生活　走过青春　走向成熟

因为正义
因为公平
追述真理
为了人生的哲理　拼搏奋进　永不言悔
生活让你明智
阅历让你聪慧
情感让你自信
友谊让你幸福
岁月消逝　情性未改
琴声瑟瑟　音吟婉转
玉琴颂咏　曲曲新颖
讴歌人生　讴歌真理　讴歌善良

宝贵的信念

在豆蔻年华的时候
便乘着命运的风帆
带着遥远迷茫的希望
踏上西行支边的征程

来到一望无际的边陲
看着长满芨草的荒坡
望着一群群南飞的雁
思乡的泪水无数次从脸庞上流下

艰苦恶劣的自然环境
没有摧垮战胜困难的信念
在没有亲人帮助　没有父母疼爱的边疆
踏着感觉　捧着信念　带着毅力
跟着历史的车轮
一步一步在人生漫漫路途中奋进

因为信念　执着　坦然　追求
工作无比勤奋
用一丝不苟　用劳动和汗水

让青春放出异彩　让人生梦想实现

是自己的不断努力
坐进了明亮的教室
是自己的拼搏学习
拥有了白衣天使的称号

在护理战线一干就是三十年
护理了成千上万的患者
迎接了无数个新生命的诞生
把自己的青春　把自己的一腔热血
献给了边疆　献给了自己热爱的事业

在辛勤工作的三十年中
有平平淡淡　有风风雨雨
有痛苦酸楚　有欢颜笑语
是信念毅力　是顽强自信
让你获得真爱　建立家庭
哺育女儿　孝敬老人

你走完了事业的路程光荣退休
但人生的信念、毅力、自信仍然追随着你
人们在初露的晨曦中
看到你挥舞长剑的矫健身姿
看到你习练操打太极的柔美身影

你每天按部就班

把生活安排得井然有序
你在享受丈夫对你的爱
你在享受女儿对你的关心
你在享受朋友对你的眷恋
你在享受自己创造的美好生活

是你把握了生命中的每一分钟
是你用信念人格打造了亲情、友情
有多少知心的话和多少开心的泪
在你和亲人、朋友的心中流动

你用信念、毅力、自信、劳动
换来了幸福的家庭
换来了美好的生活
换来了真挚的友谊
换来了人生宝贵的财富
你用你的付出书写了人生光辉的篇章
你实现了自己的人生价值
因为拥有宝贵的信念
你的夕阳无限好
你应当从内心深处
大声地向世界高呼
我今生今世生活得幸福而满足

捍卫生命坚守恋情

像千千万万个平凡家庭一样
生儿育女过着平淡而和睦的生活
没有缠绵的花前月下
没有滔滔不绝的海誓山盟
没有写下承诺　没有签定誓言
对生命和爱情的意义从未探究

当病魔以排山倒海之势凶残袭来
要掠夺丈夫生命之时
是你挺身而出用弱小的身躯阻挡死神
是你在病床前一步一刻也不离开　守护着自己的丈夫
是你在用你的心声不停地呼唤着不省人事的丈夫
是你用一滴滴的奶水喂养着不会吞咽的丈夫

你伏在病床前度过无数个不眠的日日夜夜
泪水浸湿了你的衣襟　面容憔悴身心疲惫
你被这意外打击　摧残得销魂蚀骨
但你没有退却　没有倒下　没有被死神吓倒
是你用无比坚强的毅力　延续了丈夫的生命
是你推翻了压在他身上的病魔之山

是你用爱的利剑斩断了束缚在丈夫身上的无形枷锁
是你用无数个不眠之夜
重新点燃丈夫生命的灯光
是你用无微不至的关怀
一次又一次把丈夫从死亡的深渊中救出

丈夫听到了你心的呼唤
丈夫感受到了你爱的奉献
他回来了　回到了爱的家园
是你用你的无言行动书写了人间深沉的爱
是你用你的无畏无惧坚守了人间最真挚的情
是你用你的心声讲述了一个最真实的故事

你不要他的英俊潇洒
你不要他的富丽堂皇
你不要他的高官厚禄
你不要他的声名显赫

你只要平平淡淡没有嫌弃
你只要和和美美没有索取
你只要每天看到丈夫的身影这就是安慰
你只要每天品味到丈夫的气息这就是生命
你要团团圆圆的家庭
你要真真实实的生活
没有轰轰烈烈的宣言
只有真真切切的付出

牵着爱人的手相扶相携
在这人生的漫漫路途中
不怕狂风暴雨都要生死相依

在人生危难之际
你对因意外而倒下的爱人
永远不离不弃不厌不嫌
这就是你对爱情的诠释
这就是你对人生的写照

是你用自己的行为感动了上苍
是你用自己的所做谱写了生命的赞歌
是你捍卫了伟大的生命
是你坚守了人间最真实的恋情

性情中人

人如片舟
心如潮水
情似绸缎
泪为泉涌

把不住摇橹
赶不上针秒
追不上日月
天地旋转无奈

脚步停在湖畔
身影留在雨间
飞声笑语掩不住愁容
不知不觉泪成行
情为人动
人为心动
心为泪动
性情中人见泪流见泪流

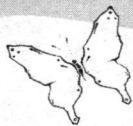

宝石花

我是沉睡了的山的儿子
我是深藏大地山的子孙
我躺在水里静仰
我在风中露宿

有一双手把我从历史中找出
有一双手把我千般锻炼
有一双手在百般呵护
有一双手把我精心打造
我的灵魂被唤醒
我的身心光彩万丈
我走出山川
我走向世界
我走到热爱我的人的心中
我得到至高宠爱
都是因为一双又一双手的洗浴
让山石、顽石、奇石绽放异彩
让宝石花耀眼夺目重见天日

你是谁的蒙娜丽莎

我天天凝望着您
就是不知道您是谁
我每天走近您
总对您的双眸有新的解读
与您朝夕相处
我不知道您是谁的蒙娜丽莎

您为谁而笑
您为谁沉默
您是怎样注目生活
我多想让您告诉我您的生活

您曾为谁而哭
您是谁的蒙娜丽莎
您在为谁而深思
您的眼里为什么从来没有泪水

美丽的蒙娜丽莎　美丽的蒙娜丽莎
您有没有人生苦涩
您有没有人生悲哀

您有没有人生酸楚
您有没有人生真痛

您相信人世间的善良
您热爱人间的温暖
您喜欢您所追求的生活
您对您的生活无需言语、尽在心底
您对万般变化都能从容对待

您从不诉说
您总是默默微笑
您的静雅您的无语
您的经典微笑已经让我明白
您是最美丽最幸福的蒙娜丽莎

飘落的秋叶

翩翩起舞的是舞者
舞者的姿态里有团火
夜时舞者招摇着风的眼睛
片片飘逸的衣襟像天空的云

那是一串串相思的红豆
还是水中的一弯明月
扬起金色的舞裙
不断地改变着容颜

一棵树一夜间老去了
一朵花五分钟飘落了一段情正在凋谢
而一颗心却永远记下了一个世界

走在那样憔悴的目光中
你还感受不到悲伤吗?
在月圆之时看着舞影轻轻地飘
其实她不是想走

水月亮

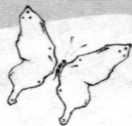

黑黑的秋潭中印有一轮明月
深深的春湖里漂浮着一片明月
寂静的柳叶上泻下一缕缕银光
闪闪的冬雪上有耀眼的月光

月亮是金琢的
月亮是银雕的
月亮是一汪水
月亮是一湾情

看见的月亮用心留不住
看见的月亮用手抓不住
一弯弯镶在天空
一个个挂在树梢
一枚枚漂在水面
它就是不让你捧在手中

嫦娥

悔
六月雪漫没心花杜鹃
悔
月嫦娥寂寞情天恨海
杜鹃啼血
点点滴滴沐红花
嫦娥凝露
碧海情天夜夜心

无悔
流星擦肩唤冰陨相惜
无悔
松梅傲雪赏神仙眷侣
高山流水
声声漫漫浴琴心
松梅无眠
咫尺天涯依依别

含羞草

从不敢昂首
更不敢言语
贴伏大地
一生无语

风吹来不动根
雨打下不枯萎
雪埋下不死心
火烧来春又生

但为大地披绿衣
但为晴空添色彩
含羞草、含羞草
枝叶柔软根底坚硬
含羞草、含羞草
无言不语
却能顶天立地

归宿

每一个人来到这这个世界
都在寻找自己的归宿
每一个人的归宿寄托了不同的方式
每一个人的归宿中都有生活、精神和情感的天平

你的降生、你的行走
不能为你选择归宿
但是你的社会阅历和丰富内涵
你的智慧、劳动、耕耘
可以为你营造幸福的生存归宿
可以改变你的生活方式
你的精神情感归宿中
有你的生活理念
有你的生活情操
有你的开阔胸怀

我们每一个人都应该为自己
建造最好的人生归宿
那里有你的心血、汗水和人生记忆

美如潮水

人的身体需要沐浴
才能清新亮丽
人的心灵需要洗涤
才能爽朗

仅有美的外表
太单调、太困惑、太枯燥
它需要内涵来充实
它需要生活、情感来滋润

美是人人向往的心语
美是精神享受的田园
美是人生幸福的寄托
美是人们永远追求的主题

美如潮水
人心所向
美如阳春
普照大地

飞翔的花翅膀

丰满的羽毛沾染着晶莹的露水
健美舒展的花翅膀在空中飘荡
鸟瞰大地心中无比激荡
我心在飞翔、我心在激荡

飞翔的花翅膀在云中穿梭
飞翔的花翅膀在风雨中翱翔
飞翔的花翅膀在雷电中闪烁
飞翔的花翅膀在爱的旅途中畅游

看到春色满园的家乡
看到欢天喜地的人们
看到幸福无比的情侣
我心在飞翔、我心在激荡

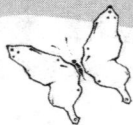

有一种爱永远都不会褪色

和你走进生活
你是否感受到
有一种爱她永远不会褪色
有一种情她永远不会改变

她是与生俱来
还是与情同生
我不知道
但我确有所感

这种情可以与日俱增
可以与日月同辉
她能经受困难
她能经受严寒
她能经受任何困惑的检验
这种永不失落的情感
不论陪伴着谁
只要她感受了这份永不褪色的情感
她这一生都是最幸福的人

你是我快乐的钥匙

认识你
你就给我带来了欢笑
认识你
你就让我懂得了爱
认识你
你就让我感受温暖
认识你
你就给了我快乐的钥匙

我拿什么偿还你
我的爱人
我拿什么奉献给你
我的亲人
我拿什么报答你
我的家人
我想、我想、我想
我也想给你一把快乐的金钥匙

你是我的金穗卡

在前世我们的一切就被锁定
在今世我要和你共同阅读
这张金穗卡中有你和我的记忆
这张金穗卡中有我们共同的储蓄

金穗卡里有家园、金穗卡里有浪漫
金穗卡里有争吵、金穗卡里有汗水
你不要小心翼翼、你不必蹑手蹑脚
你不必胆战心惊、你不要有所拘束

只要你愉快
我就会给你一切——刷卡
只要你陶醉
我就会倾我所有——兑换

你是我前世的积蓄
你是我今生的码头
你是我人生的瀑布
你就是我独自拥有的那张金穗卡

超凡脱俗

我喜欢沧桑
我喜欢幽静
我喜欢经典

我喜欢你盘起的秀发
我喜欢你胸前的纽扣
我喜欢你见到我的羞涩
我喜欢你偷看我的眼神

我喜欢你对我捉摸不透
我喜欢你对我朦朦胧胧
我喜欢你对我有无数种猜测
我喜欢你触手可及

我喜欢用我的甜美气息
滋润你的生命绿洲
我喜欢用我的超凡脱俗
让你姹紫嫣红

你是我的浪漫之最

您是我浪漫的故事
您是我的浪漫之最
无论我们有多久的分离阔别
我都不曾忘记您

是您给了我会心的微笑
是您用心牵动着我的情
是您能原谅我所有的错误
是您让我尝尽了相见恨晚的滋味

在您和我的平平淡淡中
您给我留下多少欢笑
您给我写下了多少记忆
您和我收藏了多少故事
您带我采摘多少怀中的玫瑰
是您让我流淌过多少次激动的心雨

是您让我无法忘却
我没有理由丢失您
虽然我们已经开始变老

但爱您的心依然年轻
现在我才越来越感受到
您就是我日夜寻找的最爱

我最浪漫的故事
就是想和您一起变老
年轻时的往事
总是想起来就开心
直到我们都已是满头的白发
我还喜欢和您坐在树下面对面地聊天

我最浪漫的故事
就是愿意陪您一起老
直到卧床不起
我也要坐在您的身边
陪您一直老到
直到要走的那一天
都会想念您、张望您、呢喃您的名字

奶香 驼峰 沙枣花

蓝天上悠悠白云
毡房里奶茶飘香
青青草地
牛羊壮
绿树丛丛
映晚霞

荒垠戈壁
马嘶鸣
额河淌流
驼峰走

沙枣花香
蜂蝶舞
田园风光
景色怡

童谣

每个人的童年
都留下了自己的记忆
每个人的童年
都刻录了无数个故事
童年在山间、花丛、稻田里漫步、奔跑
童年在海滩、湖塘、河边旁无所顾忌
童年无忧无虑尽情地淘气玩耍
还有那童年的歌谣
它都时常在耳边响起
在炉膛边、在烛光前
在饭桌上、在作业旁
多少次聆听父母、老师无情的数落
但童年顽皮的他却从没有离开哺育他的家
童年的星空闪烁着憧憬
童年的心田里滋长着理想
童年带给了我们乐趣、回忆
童年给我们描绘了未来

你是我的电脑

我要给您编辑我们所有的故事
我要为您新建个人秘密文档
我喜欢查看您的一切动向
我愿意为您收藏我们的友谊

我要用工具栏中的彩笔
为您画出个人肖像
我会用 Word 歌颂您的情怀
您只要需要我的帮助
我一定会爽快地默认
只要您被我的双眼选中
我愿意天天和您粘贴在一起
虽然您每天从我的窗口前走过
我还是视（试）图把您插入在我的心中
您喜欢格式化
您喜欢预览

您喜欢居中
您更喜欢保存
我要为您打开新建文件夹

把您的阅读姿态
做成感人动人的课件
不充许任何人剪切
不充许任何人删除
如果谁把您放进了回收站
我会毫不犹豫地点击撤消
如果你想上网
我会为你联线
如果您要绘制图表
我会在表格中为您设计
你是我翻查页面的滚动条
你是我时刻追踪的鼠标
你是我做好工作的所有程序
你是我桌面上的美丽画面
您是我的 computer
必须由我专人打印
只有输入我的特殊符号
才能每天把您放映

离开你的那天我不会流泪

我曾经告诉你我很胆小
你说鲜花会让我灿烂
我曾告诉你我很忧愁
你说春风能为我化雨
我曾告诉你
不知道这份缘是长是短
你说在你脆弱的时候
有我坚强的臂膀

我曾告诉你
我可能要离开你
你不要不相信
这一天可能是真的

虚伪欺骗不了真情
压迫不会让生命熄火

辱骂只能让奋斗峥嵘
泪水划过的每一个地方
都是新一天的起跑线

你不需要再哄骗
你不需要再伪装
你的所为就是背叛的宣言
在面对突如其来的噩梦袭击
无辜的我
精神防线被无情摧毁

你说过要对我好
你说过要给我一个港湾
当必须接受悲哀痛苦的夜晚
我只能让自己默默承受

我只能无数次默默流泪

你和我已没有再多的也许
你和我已经不可能重来
当你提出分手的时候
我会先把自己的手轻轻抽出

我努力让自己的脚步迈得平稳
我努力坚持在困惑中跋涉
我每天都叮咛自己
我要全力把握生活中的颠簸
如果真的那天离开你
我会紧紧捂住自己的心口
我不会让自己流泪
我不会让自己流泪

与众不同

你踩着白云飘在蓝天
你踏着春风吹拂大地
你贴着水面漂落迂回
你吻着花蕊满身芬芳
你的长裙在旋转
你的双脚在飞舞
你的双眸在闪烁
是你的风采让我眼前一亮
你的款款身姿
让我眼前一亮
你的醉人举止
让我感觉不同
你的含蓄笑容
让我追忆
你的晶莹泪水
让我牵挂
你的娇媚姿态
风情万种
你的与众不同
让我连恋往返

牛奶 咖啡 巧克力

你约我在黄昏相会
我们在酒吧相对而坐
一杯浓香的咖啡
和我们一起诉说万古情长

你约我在海边相见
我们在茶房对坐
一曲曲委婉动听的乡音
记录着浪漫的节拍

你约我一起春游
我坐在你的身边
巧克力的丝丝甘甜
融化了苦苦的思恋

一杯杯浓浓的纯牛奶
盛满了孜孜不倦的追寻
无边无际的故事
终于在日日夜夜中说定

我最欣赏你

在遇到湍湍激流时
你能勇敢地趟过
在跌入万丈深渊时
你能重新展翅
我最欣赏你
对待朋友真诚永远
对待生活严肃认真

我最欣赏你
始终与勤奋相拥
始终与奋斗相伴
始终在苦海作舟
始终与胜利相逢

我最欣赏你
能浇灌浓浓的亲情之结
会装饰多彩的绚丽之花
有深厚的情感丰韵
还有自己独特的人生哲理

心　情

没有必要对自己的失误
　　追悔
千万不要以泪洗面而
　　伤感
你要找到你的阳光世界
你要多多抚慰自己受伤的心

让自己每天都有愉快的心情
你的生活中就会开满绚丽的鲜花
让自己每天拥有一份好心情
你的情怀就将无比高尚

你的心情好吧?
你为自己扬起生命的风帆了吗?
勇敢地面对生活
鼓起勇气
让我们的生活充满活力
让我们的未来充满生机
让我们永远都朝气蓬勃

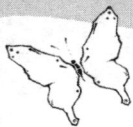

爱过后的日子

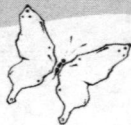

爱情是一种暂时的疯狂
恋爱是疯狂的燃烧
激情之后的日子
不是欣喜若狂
不是艺术雕塑

平凡的时光里
有盘根错节
暗淡的光阴里
有激情凋零

剩下的时光
只有梦幻
剩下的日子
就是在甜、酸、苦、辣中的回味

知缘惜福

百年修得与你见
千年修得共相聚
与你相逢的那天
我的心就被你牵动

和你相濡以沫
和你共度春秋
和你分享幸福
和你欢乐与共

爱的日子
不需要言表
爱的情理
就是要
知缘惜福

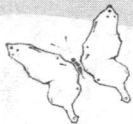

我在路边等你

我不知道为什么
会答应跟你一起走
我不知道为什么
要把手伸向你

我跟着你
踏平露水
我跟着你
踩遍田野
你给我热情时
我愿意依恋你的双肩

我伴随你
翻越多少座山
在你给我鼓励的时候
我曾把泪水滴在你的掌心
如果下辈子
你还信守诺言
我会在路旁等待你

是谁主宰你的一切

注意你的思想
它会变成你的言语
注意你的言语
它会变成你的行动

注意你的行动
它会变成你的习惯
注意你的习惯
它会变成你的个性

你在不知不觉中陶冶了自己
你在不声不响中造就了自己
但你一定要注意
就是看不见的它
将主宰你一生的命运

创造与意识

没有生命我无以生存
没有灵魂我无以寄宿
创造需要甘露
创造需要经历

意识在无知中蛰伏
懦弱在贪婪中寻求慰藉
审视与认清自己
让流动的热血
灵动如水
永不枯竭

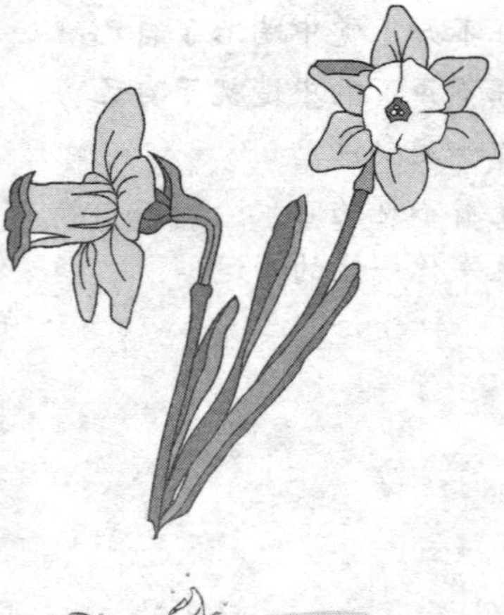

松柏 沙山 银灰杨

黄沙山上
松柏贴伏
小河桥边
桦树成林

悠远宁静的田野
绿水环抱
鸣沙山中
荷花绽放

燕雀鹰飞
青苗铺地
银灰杨林
枫叶染秋云

你 我 她

我们一起旅行
我们一起跋涉
我们一起歌唱
我们一起挑战
在玩闹中高兴
在取笑中进取
在斗争中生长
在锻炼中成熟
孩子大了
爱人老了
自己已在萎缩
可家是温暖的
前进泥泞中的脚步
记述了人生的艰难
深情和友谊
却乘风破浪
来到胜利的彼岸
心中的默默惦念
你、我、她一个都不能少

我的心船

少年的时候
我叠了一个纸船
它在小溪中很快被浸湿

青年时
我用理想叠了一个帆船
我却从没有让它启船

人到中年时
我用自己的心血汗水打造一条船
它在我的双手摇荡下
漂泊人海
它在我自信、坚强、真诚的风帆下
漂游船行得稳稳当当

女人 香水 服饰

她心中的愁云
袭来时
她喜欢逛街
她喜欢在漫步畅行中把愁云走散

她在心情喜悦时
她喜欢把床边的香水
喷洒在花瓣上
让飞蝶迷恋

她在思念的时候
她喜欢遐想
丈量爱人的心与她的距离

她在寂寞的时候
最喜欢打开她的衣柜
把每一件漂亮的服饰
在镜前照个遍

战 者 胜

十年寒窗无人问
梅花香自苦寒来

翻破书页千万张
蜻蜓飞上玉头钗

挑灯苦读战夜凉
一朝开卷越龙门

醉酒当歌

酒是同学的点心
酒是友谊的火焰
酒是男人的气概
酒是餐桌上的皇冠

酒可以浇愁
酒可以搭桥
酒可以让你放声高歌
酒可以让你笑不掩口

酒能打开心灵之窗
酒能构建和谐之情
酒能助你兴高采烈
酒能让你开怀无忧

电话 手机 小灵通

看不见你我心不定
听不到声音我失眠
没有你的消息食不香
和你分开是没有阳光的日子

听到床边的铃声
你赶快接
那是清晨送给你的问候
听到包中的滴滴
那是我的召唤

你在夜晚孤独地听到音乐
那是我为你催眠
你有忧愁和我诉
你有泪水向我流
你有怒火找我发
你就是我的电话、手机、小灵通

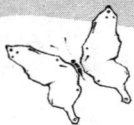

诗情花意

微风吹涟漪
柳叶贴笛鸣
流星划夜空
蛙语低声吟

染绿湖中水
涂红万里云
雨过琴书润
风来茶墨香

一切都在不言中

对你所有的爱
不需要语言
你知道我的心语
对你的一切愤慨
不需要表达
你知道我的原因
对你的爱意
不需要畅述
你可以从我的脸上领略
我们今昔的世缘
是前生的签约
我们的一切一切
都在不言之中
我对你的依赖
是前世把肋骨
系在了你的身上
我的所有主张
都印在你的脑海
我对我自己和你没有秘密
我和你的一生都不须再多的言语

永远都不向你认错

你说我倔强
你说我总和你过不去
你说再也不愿见我

但我知道
你今生今世
你走不出我的视线
我知道你转头的时间
我知道
我是你永远走不出去的一个圈

不论你怎样与我争执
我都从来得不到你的认错
千错万错都在我这里
我知道你永远都不会认错
但是我还是永远都原谅你的那个人

悠扬的人生圆舞曲

悠扬的人生圆舞曲
在浪漫的花季之时
就已奏响

斑斓的五色彩灯
还有弥漫香韵的美酒
都在向您招手

多少人在观望、叹息
多少人在犹豫、等待
多少人没有举步
多少人没有旋转

谁是您人生舞曲的最佳舞伴
是您的爱人
是您的朋友
是您的亲人
还是您的梦中情人

在缠缠绵绵的舞曲中

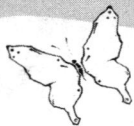

在分不清辨不明的你你我我中

谁不踩您的脚
谁不嫌弃您
谁不凌辱您

谁让您舞得高兴、快乐
谁让您舞得欢畅、幸福
谁让您舞得潇洒、进步

谁就是您的知遇之人
谁就是您的人生导师
谁就是您的人生寄托
谁就是您人生圆舞曲的最佳搭档

爱

爱没有形态
爱不讲规则
爱难守信誉
爱最喜欢宣言

你聆听爱的潮水
你缝织爱的暖衣
你踏浪捡拾爱的贝壳
你寻梦追赶爱的归宿

不要让你献身追求的爱伤害
不要让你日日祈盼的爱欺骗
不要让无为的爱葬送
不要让伤心的爱淹没

把你编织的爱情花环带在头上
把你捡拾的爱情贝壳点缀在胸前
把爱的宣言书写得绚丽
希望你能把爱的体味融入生活
希望你能把人生情爱进行到底

把加减乘除进行到底

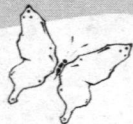

在生活的道路上
把加法做得无比精细
加一些欢乐
加一些健康
乘上一份友谊
乘上一份收获
减去一份烦恼
减去无数苦闷
除去嫉妒
除去虚伪

让加入的真诚
为生活添色彩
让乘入的愉快
为健康增寿数

减去一切的不必要，让心情开阔
除去一切无所谓，让幸福长存
认真把握生活哲理
把算好的加、减、乘、除进行到底

办公桌上的日历

办公桌上的日历
记着你每年的生日
办公桌上的日历
记着你最喜欢的花

翻阅陈年的旧日历
有我们约会的第一天
翻阅陈年的旧日历
有我们结婚的记念日

每当翻阅日历
就铭想你今天在哪里
每当翻阅旧日历
就会想我们生气的那一天

你是我翻阅日历的原因
你是我记录日历的理由
你是我日历中的所有内容
我永远不会移开我桌上的日历

北国风光

千里冰封
万里雪飘
梨树花开
红梅傲雪

江河休眠
松柏不语
人影如画
春风送暖

从苹果园里走出的幸福女孩

有一个漂亮的小女孩
脸上挂满了纯真和质朴
她每天都要走进苹果园
去照料那些枝繁叶茂的苹果树
为它们修枝、培土、浇水、施肥
满园的苹果树每天都在祈盼她的到来
每一棵苹果树都等待着她的抚摸
每一片绿叶都希望闻到她的气息

小姑娘和她苹果园里的苹果树一起长大了
在苹果树开花的季节
她闻到了苹果花的芬芳
在看到第一个青苹果的时候
花季少女
脸上已印满红晕

勤劳、天真的女孩
和她的苹果一起成熟
当她脸上绽开笑容的时候
红彤彤的苹果挂满枝头

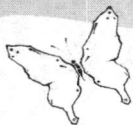

就是这一个个甘甜的苹果
就是这满园的丰收硕果
就是对这片果林的满腔热爱
让这位苹果园里的小姑娘
感受到了生活的艰辛
感受到了人生的喜悦

在那一年一季的花开花落之时
在那一年一次的耕耘和收获
她的爱情和她的苹果一起成熟了
这份爱像苹果花一样朴实
这份爱像苹果树一样茂盛
这份爱像那红苹果一样甘甜
是这苹果园的绿叶
是这苹果树的花香
是这份像香甜飘溢美酒般的真爱
要让这位从苹果园里走出的小姑娘
幸福地畅饮一生

大约在冬季

大约在冬季
我和你相识
我和你签订终生
大约在冬季
我在和你共渡难关
我和你欢庆喜悦时
大约也是在冬季

飞舞的雪花
没有一丝寒意
深深的雪迹
没有丝毫倦怠

对生活的美好憧憬
把冬季的雪融化
把寒冷的冰化解
把严酷置之不理
把一切看得无比绚丽

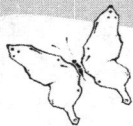

飞转的车轮上

飞转的车轮上
有女人的身影
奔驰猎场的原野里
有女人的眼睛

每一个辛劳的男人身边
都有一个为他擦汗的女人
每一个温暖的家庭里
都有女人那双筑巢的手

世界是男人发现的
但有女人举起的火把
世界是男人征服的
但有女人在照亮天空
太阳是男人的代名词
彩虹是女人的花环
世界是属于男人的
但世界的另一半它却永远属于女人

开怀胸襟

我常常要求自己
要开怀胸襟
要让自己站在高处看问题
要让自己有审视客观的能力

要上九天揽月
敢下五湖捉鳖
能轻拨云雾
能挑弄瀑布

可与青天对歌
可与大海对饮
能在宇宙遨游
能在太空登月
心情无比舒畅
心胸无比宽阔
人人拥有开阔的胸怀
人人都将无比逍遥
人人都有生活的热情
人人都会胸襟开怀

没有犹豫的选择

选择你我没有犹豫
但我斟酌了
选择你我没有后悔
但我思索了
选择你我不会徘徊
但我搁浅过

我把你当成一片枫叶
天天铭想
我把你当成一枚棕榈
日日向往
我把你当成一个经典
月月思念
我把你当成一座丰碑
年年耕耘

美丽的彩虹总是在雨后晴出

认定一份属于自己的爱
从来没有条件
跟随命运的脚步
闯荡贫困走出坎坷

在阴雨连绵愁云满天的时候
脚步没有被雨水阻挡
深厚的情谊
总是在趟过离别后才显得更真切

雨停天晴
彩虹高悬
送给我们的感受是
幸福的明天需要付出
美丽的彩虹总是在雨后晴出
只有幸福的人才能看到虹的色彩
才能感受虹的艳丽

磨难砸出的激情火花

沉重的山里
有跳跃的小溪
有笼罩的云雾
但也有罩不住的松柏
阳光穿透云雾
小溪奔出山间
再沉再重的山
怎么也压不住欢乐的笑声
再阴再厚的云雾
无论如何也不能永远遮挡山的高峰
磨难和困惑
虽然像山那样沉重
虽然它永世不动
但坚强、自信、自立
却能把沉重的磨难之山
砸出激昂奋进的火花
它可以象溪水一样欢唱
它可以拨开万丈云雾
它能让你重新开辟人生之路

你为了实现人生梦想

你为了实现人生梦想
无数次坐在桌前聆听老师的循循教诲
你为了实现自己的理想
在知识的海洋中反复畅游
你为了从前辈的手中接过事业的接力棒
你历经艰辛和磨难
为了登上医学圣坛的领奖台
你在工作中兢兢业业、尽职尽责

为了对专业技术精益求精
有多少个不眠之夜的灯火伴你而过
你伏案书写无数份病历
你默默记录厚厚的心得
你翻阅卷卷医书　撰写篇篇论文

为了对专业技术精益求精
你苦练技艺打了数不清的线结
为了提高缝针速度你私下缝练了上万针
为了赶超国际国家先进水平
你不断开拓勇敢创新

对每一位病人热情服务
对每一个病症认真分析
虚心学习多多请教
用学习、实践、进步、提高、不断鞭策自己

用你所掌握的医学知识
把多少人从血泊中救出
把多少人的愁云抹去
给多少家庭送去欢颜笑语

你用你的双手修造生命的屋脊(子宫)
你用你的双手重新搭建青春的桥梁(卵巢、输卵管)
你用你的双手托起人类的火炬(剖宫产)
你用你的双手除去病人腹中的恶瘤
是手术台的无影灯记录了你编织健康、拯救生命的每一页

为了理想、为了心中的追求、为了更好地工作
你把泪水掩埋
你把辛酸吞下
你曾因为疲惫而倒下
但你为了工作又站了起来
我们看到了孜孜不倦努力学习的你
我们看到了勤奋耕耘努力拼搏的你
是你用热情、用心血、用青春
浇开了事业中朵朵绚丽的鲜花
是你用思维用双手用创新
在国家广袤的科学田地里采摘到了二十二项专利

在经历了无数岁月的今天
在穿越时间考验的今天
是你用信念、坚毅、劳动、汗水实现了自己的理想
你慢慢地长大了　你悄悄地成熟了

你从前方走来
一阵清风扑面
一缕芬芳飘溢
你的笑容灿烂
你的步伐坚定
你的心身坦荡
你的胸怀宽阔
当今在知识的感召引领下
你正向人生新的台阶迈进

情深意长

小时候我们就在一起玩耍
小时候我们就在一起追逐
小时候我们就在一起捉迷藏
小时候我们就曾打闹争吵不休
小时候在教室课堂的黑板前
我们都曾跟随老师大声地朗读每一篇课文

天真的打闹没有影响我们的童趣
幼稚的争论没有淡漠我们对童年的回忆
解不开的数学题被老师批评我多少回
没有写完的作业本上
留下老师好多批语
纯真和质朴养育了我们成长
天真活泼每天都伴随我们长大

童年给了我们无尽的欢乐
童年让我们栽下了友谊的小树
童年的岁月里让我们写出了自己的作文
童年的故事中凝结了深厚的友谊

深夜倾听

我喜欢深夜的寂静
我喜欢在深夜倾听
静静地倾听风的声音
我喜欢在深夜倾听
认真倾听鸟的细语
我喜欢倾听秋叶的飘落
我更喜欢夜晚河水的流淌

深夜无人心宁静
深夜无扰思绪清
深夜的倾听
让你有一份恬淡
让你有一份快慰
让你有一份思索

深夜倾听
伴随你的有床前的月光
有淡淡的树影
有甜甜的酣鸣
还有那深深的回味

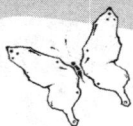

树木与河流永远是无言的朋友

从来没有交流
但一刻也不曾离开
从来没有言语
但时刻守护在身旁

荒漠沙尘
没能让树木退畏
暴涨的河水
没有让树木消失

为了一种承诺
无论在戈壁上漫流的河有多长
绿色的绸带总是缠绕在它的身旁

为一种深情
无论戈壁荒滩怎样苍凉
只要有春风的吹拂
树林总是开怀胸襟
把它伟大无私的绿阴
铺满河岸

情为何物
只让这戈壁树林为其默守千古百年
情为何物
让其从来无怨无悔
它们在日月的见证下
做着一代又一代
无言的朋友
永远相依相附相随

谁是你的山

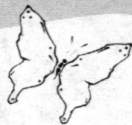

小的时候
父母是我们的山
在学校老师是我们的山
走进工作单位
老板是我们的山

在生活中自始至终
陪伴我们的山
是我们的朋友
是我们的亲人
是我们的爱人
每一座山
都有水的环绕
每一座山
都有绿的依附
每一座山
都有爱的誓言
珍爱我们的这座山
热爱拥抱我们心中的崇山万岭

特别镇静的心

她在充满阳光的明媚时代
她从没有骄狂
它拥有一颗特别镇静的心
她在得到万般宠爱时
她从来没有放纵
她拥有一颗特别镇静的心
她尝受痛苦时
她没有被痛苦淹没
因为她有一颗特别镇静的心
她被悲痛缭绕时
她没有被悲痛压倒
因为她有一颗特别镇静的心
她迎来曙光的时候
她的笑容那样从容
还是因为她拥有那颗
特别特别镇静的心
她非常感谢
她能拥有这颗镇静的心
她永远不会丢失它

我和你

你是我这棵生命之树中的每一片绿叶
你是我这片沃土中的每一粒泥沙
你是我心海中每一朵带雨的云
你是我思绪中的每一缕牵挂
我时时刻刻惦念着你
我点点滴滴渗透着你
我风风雨雨依恋着你
我真真切切拥抱着你
你是我的身影
你是我的心愿
你是我的灵魂
你是我的精髓
我是你的所有
我是你的一切
我是你的热爱
我是你的写照
我就是你、你就是我、我和你永远无法分割

旋转星座

如同飘零的秋叶
在不知所措中
定位星座
命运的恩典
让我们在旋转星座里耕耘

昨夜星辰
昨夜风
万世飘影
万世通

斗星旋转
红旗扬
万物昌盛
星座旋转

一诺千金到永远

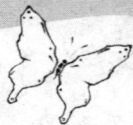

我是一朵为你飘浮的云
我是一幕为你绽放的昙花
我是一颗为你而绿的树

你的追逐
你的梦想
你的奔放
你的热情

都将浸泡在海的潮起潮落中
都将燃烧在爱的烛光里
都将融化在生活的泪花中
都将撒落在命运的轨道里
我愿像一枝盛开的玫瑰
为你夺目
我愿是一枝芬芳的郁金香
为你灿烂
我愿意为你一诺千金到永远
照耀你的一生

爱是什么

爱是什么
爱是一股清泉
可以在你的心海里自由淌流
爱是什么
爱是一种热情
它可以奉献自己的心血
爱是什么
它是一种无法抹杀的生机
爱是什么
爱是一种缘分
只有有缘的人才能品尝到它的滋味
爱是什么
它是一种感觉
它的真实内涵和它带给你的一切
需要生命、生活、时间来证明检验

爱的体味

爱没有形态
爱不讲规则
爱难守信誉
爱最喜欢宣言

你聆听爱的潮水
你缝织爱的暖衣
你踏浪捡拾爱的贝壳
你寻梦追赶爱的归宿

不要让你献身追求的爱伤害
不要让你日日祈盼的爱欺骗
不要让无为的爱葬送
不要让伤心的爱淹没

把你编织的爱情花环带在头上
把你捡拾的爱情贝壳点缀在胸前
把爱的宣言书写的绚丽
希望你能把爱的体味融入生活
希望你能把人生情爱进行到底

迷人的眼睛

在匆忙相逢之时
一双明亮的眼睛在闪烁
蓦然回首
它陌生而熟悉
这双眼睛为什么
那么让人难以忘怀
这双眼睛为什么
那样万般撩人

你从那双眼中
可以看到温柔
你从那双眼里
可以看到荡漾的秋水

你从那双眼里
可以感到谦和
你从那双眼里
可以翻到热情
你从那双眼里
可以得到尊重
你从那双眼中

可以察觉谨慎

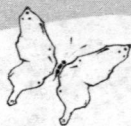

那双眼中有智慧
那双眼里有慈祥
那双眼里有温情
那双眼中有骄媚
那双眼里放光芒
那双眼中有心桥

那双迷人的眼睛
里面有很多寓意
它象是一弯明月
它象是一面镜子

一双不平凡的眼睛里
蕴育了丰富的生活
一双漂亮动人的眼睛
展现了迷人的魅力
一双没有说话的眼睛
让你感到距离
一双撩人的眼睛里
珍藏了许多神秘

拂去尘埃

她的心累了她
想让自己恬淡一些
款款漫步来到海滩
悄悄梳理自己的心绪

在海边
她闻到了椰风、她看见了沙滩
潮水拍击着岩石
海鸥在飞翔
澎湖的大海为她洗浴双脚
反腾的浪花紧握她的双手

在海的接纳下
她的心变的湛蓝湛蓝的
在潮水的拥抱下
她心中的疲惫已被冲刷的干干净净
海的胸襟、海的气息
大海向沙滩的无情冲击
让她的心平静了、平静了
同时还拂去了她心中的尘埃

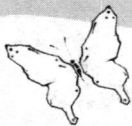

童趣

小时候我们就在一起玩耍
小时候我们就在一起追逐
小时候我们就在一起捉迷藏
小时候我们就曾打闹、争吵不休
小时候在教室课堂的黑板前
我们都曾跟随教师大声地朗读每一篇课文

天真的打闹没有影响我们的童趣
幼稚的争论没有淡漠我们对童年的回忆
解不开的数学题被老师批评过多少回
没有写完的作业本上
曾留下老师很多严厉的批语
纯真和质朴滋养了我们的成长
天真活泼每天都伴随我们长大

童年给了我们无尽的欢乐
童年让我们栽种了友谊的果树
童年的岁月里让我们写出了自己的作文
童年的故事中凝结了深厚的友谊
童年的乐趣永远都让我们觉得其乐无比

妥协也是一种美德

妥协往往出现在
激烈的争执中
如何巧妙地回避矛盾
妥协是一个最好的台阶

妥协不会伤害亲人
妥协不会损伤友情
妥协不是没有立场
妥协它是一种谦让

我们应当学会妥协
它教给您宽容
我们应当懂得妥协
它带给您生活经验

妥协不完全是撤退
妥协只是一种迂回
妥协让您保留友谊
妥协让您心胸开阔
我只所以喜欢妥协
因为妥协它也是一种美德

选择你我没有犹豫

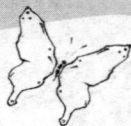

选择你我没有犹豫
但我斟酌了
选择你我没有后悔
但我思索了
选择你我不会徘徊
但我搁浅过

我把你当成一片枫叶
天天铭想
我把你当成一枚棕榈
日日向往
我把你当成一个经典
月月思念
我把你当成一座丰碑
年年耕耘

练 习

亲爱的妈妈
如果我努力了
学习成绩没有进步
说明我是愚蠢的

如果我没有努力
学习成绩进步了
说明那是暂时的

如果我没有努力
学习成绩没进步
说明这是正常的

如果我努力了
学习成绩也进步了
说明那是应该的

儿子长大了
妈妈的泪水凝结了
这是儿子的曙光点亮了妈妈的心灯

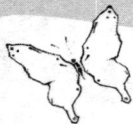

花俏女

我有一个花俏女
人象花朵、心如云
红樱小嘴常常翘
眼泪如雨
不知措

我有一个花俏女
头别发卡
脸丰润
柳眉杏眼
惹人迷

我有一个花俏女
思绪飘飞
不懂爱
百转千回
情难定
有缘相识、无缘聚
难 难 难

泥陶瓷

一种特殊粘性极强的胶和泥，深深静静地埋藏在大地的怀抱里。当有一天人们发现了她，把她挖掘出来，用水浸泡、搅拌，和成泥浆，再在劳作者的双手中被作业成为陶。陶已经使原本无形的泥土，变成了造型各异的器皿。她可以是花瓶、可以是碗、可以是……

陶虽已成形，但她缺乏坚韧，色泽原始，遇水易潮易崩解，保留时间有限。于是陶需要镀铀，再烧灼。只有在窖中经过烈火煅烧过的陶才能成为瓷。

瓷是——陶的精髓、陶的升华、陶的风采、陶的新生。瓷明净光洁，瓷质地坚韧、瓷色彩丰富、瓷富丽堂皇，陶终于被烈火从一般的泥土演绎成为传世瑰宝。

每一个成功的人，也需要具备一定的素质，要有信念，要有一种精神，当她经过生活的磨砺、打造、煅烧和体验后才懂得生活的艰辛，懂得人生的价值，懂得人生的理念。继而在社会的大熔炉中经过千锤百炼，学会生存方式，掌握生存技能，增强个人修养，加强自我，不断改变自己。在体验品味生活中，取长补短，不断修饰自己，让自己的内在美与外在美相得益彰。只有这样，一个人才有可能成为令人瞩目、流芳百世的传世佳人，她的成功中孕育了泥、陶、瓷的故事。只有这个故事的主人翁，才会像瓷那样永不褪色，光彩夺目。

淡 泊

生活中多少人在追逐着想要的一切，急急切切，慌慌忙忙，辛辛苦苦。不累吗？不苦吗？不疲惫吗？不烦吗？不论怎样，都得奔波。急也得走，慢也得走，苦也要走，累也不敢停。这是人生的抉择，我们没有选择的权利。

急也是走，慢也是走，苦也是走，累也是走。必须走的路程我们无法改变，但怎样走的步伐我们可以调整。在人生的旅途中要多一份愉快的心情，多一份对生活的爱意，多一份对生活的情趣，多一份走的思索。想必你的脚步要轻松一些，你的心情要爽朗一点，你的收获会更多一些。

要是带上淡泊的意境，那你的感受就不同了。没有激烈，没有斗争，没有压力。只有尽心尽力，只有随心所欲，只有从从容容，只有高高兴兴。

拥有了淡泊，你就能够在人生事业和生活中发挥得很好，你就能够把人生之路走得顺畅，走和自然，走得坦荡，走得轻轻松松。

努力地走，认真地走，轻松地走，人生之路要好走。

心 弦

人们在生活中可以看到很多种形态各异、造型不同的琴。像二胡它能拉出娓娓动听、如同在夜空中看到的二泉映月；蒙古人的马头琴可以让我们聆听和感受到辽阔草原上万马奔腾、牛羊成群、土肥草美的自然景象；小提琴则把世间最动人的爱情名谣《梁祝》，用音乐宣泄得酣畅淋漓，而钢琴协奏曲，确把冼星海的《保卫黄河》、贝多芬的《命运》交响曲弹奏得气势磅礴，激情高昂，壮丽无比。

我们每一个人的心，都是一个美丽的琴，它可以是一把普通的二胡，也可以是一把美丽的马头琴，还可以是把优雅的小提琴，更可以是一架豪华气派的钢琴。我们看见所有的琴，它演奏出来的动听音乐，都是演奏者根据乐章、乐曲弹奏出来的。而我们想听到我们自己的人生曲，我们的这根心弦由谁来拔动呢？

我们的心弦是由我们自己拔动的。我们要想听到自己的人生曲，要想听到自己的英雄赞歌，要想听到自己壮丽的诗篇，要想谱写人生最美好的韵律，我们必需正确面对人生，要有远大的理想和抱负、崇高的价值观、要有高尚的生活理念、要有勤劳致富的双手、要有努力耕耘、要做无私的奉献；要用心、用爱、用自己的满腔热血、用我们的品德、用我们的智慧、用我们的才华、用我们的双手，才能演绎出人生最美好、最动听的丰收歌、欢乐曲、和最激荡人心的交响乐。

两个月亮

正月十五的晚上，与家人相邀，一起出门散步，在悠闲的漫步中，我们不知不觉来到南公园。夜幕笼罩下的南公园，幽幽静静，鲜花绿草伏地，无声无语，水池中一汪汪清水在月光下粼粼闪光。崎岖的小路旁，一排排柳树伫立，细细的柳枝像少女飘扬的发辫，在微风的吹拂下轻轻摇曳。我们顺着小径慢慢地散步，踏着月光，闻着花香，听着哇声，看着临风摆柳的树影，在享受着夜晚的宁静。

坐在爬满长藤绿叶的小亭长廊中歇息，共同欣赏着明月的圆亮，看着皎洁的透彻，望着闪烁的群星，呼吸着清新的空气。在这怡人的月光下，共同感受着夜晚和明月带给人们的幽静、明朗、清新、舒爽。

有了明亮的圆月，我们不怕漆黑的夜色，我们不怕阴云弥雾，有了皎洁的月光，有了时刻追随着的圆月，我们不会畏惧黑暗，我们可以跨跃一切障碍。这是上苍赐予我们共同的明月。

在人生的茫茫路途中，没有圆月，没有光明，看不清的人生之路该怎样走？如果碰到善良的朋友，你就会有一颗善良的心；如果碰到一位正直的朋友，你就会拥有为你伸张正义的人；如果碰到一位聪慧的朋友，你的人生路途中就有了指引你前进的航标灯。

如果我们只有天空中的一轮明月是不够的，我们必须要在人生的旅途中找到良师益友，找到亲情、友情。他们如同一轮明月一般，照亮我们的人生路途。

我们必须拥有两个月亮，我们的生活才更加充实。我们要向欣赏天空中明朗的圆月一样，欣赏我们心中的明月。珍惜我们自己找到和创建的亲情和友情。天空中的月亮有圆有缺，这是自然规律。而我们心中的月亮却会永远明亮。当我们的心中升起这轮明月后，今天我们的夜晚是明亮的，今后我们的心，更会是亮堂堂的。

冬雪春融绿枝芽

经历了多少岁月，年轮已经深深地印在心中，在冬季的风雪寒夜里，我站在凛冽的寒风中，没有了树叶，没有了遮拦，仅剩下干枯的枝节在独挡狂风的吹打。我只有把根深深地扎在肥沃的大地里，苦苦等待那如期到来的春天。

春天的脚步虽然悄悄走近，但我听到了春的声音，我闻到了春的气息，我感到了春天的温暖，我听到了春天的呼唤。在春风的摇篮里，我的心激荡不已，我的热血在澎湃，我的根茎在舒展。我在春风的沐浴下，得到阳光的普照，得到雨露的滋润，我极力吸吮着土地的营养，我心花怒放，我的绿叶长满枝芽。

我迎来了冬雪春融绿枝芽的今天，我又一次得到春天辉映，再次感悟生命的伟大。当我身披绿叶的时候，我没有吝啬，天空需要生机时我奉献我所有的绿色；大地需要避风时我是它的天然屏障；当人们需要氧气的时候，我会毫不犹豫地吐故纳新呕心沥血，置换出最清新的空气。

在感受了冬雪之后，我更加懂得春的温暖，更加懂得了生命的珍贵。只有牢记、遵循、忍耐、顽强、吸取、奉献，你才能永远获得春天的宠爱。

记住宽容鼓励和赞美他人

宽容是一种风度，它如云生雨，似雨润物。宽容是一种气度。大地因为宽容种子，才有绿色勃发的生机；大海宽容溪流，才有不竭的源泉汇入；现实宽容梦想，人类才有非凡的创造力；时间宽容历史，才有知识与智慧的再现。

宽容他人，无异于在宽容自己。宽容能使你得到感激与敬佩。能宽容他人，自然就能宽容自己和我们最爱的人。宽容能体现一个人的修养、一个人的博大、一个人的超凡人格魅力。

常怀宽容的心，能使你的心灵冰雪消融，莺飞草长，风光旖旎，心旷神怡。

而赞美别人是一种力量，这种力量我们每个人都有，如果把它给了别人和自己，就是鼓励和许诺。鼓励和称赞是一种做人的美德，是一种馨香，是一种对他人的理解与欣赏、祝福与期望，是一种催人奋进的巨大力量。能称赞别人的人，具有做人的高尚美德。我们在生活中应该多一点发自内心的鼓励和称赞，在这种力量的激励下，定会结出甘甜的鲜果。

接受挑战

在事业上生活中，很多人因为害怕不可预知的前景，担心遭受挫折和失败，根本不去想自己是不是还有潜力没有挖掘和发挥出来，就抛弃放手一搏的机会，错过了大好时机。

人本身就应该不断接受挑战，战胜挑战，收获信心和成功。每一次无怨无悔，全身心去经受挑战的考验，不管成功与否，它检验了我们的品德与毅力。我们应该正视一切挑战和考验。这对于我们来说都是一笔难得的人生财富。

人生就是一个大舞台，贫寒不是绊脚石，人没有贵贱之分，不要害怕被讥讽，事业中的亮点需要我们自己去寻找，哪怕上苍只给了我们一片贫瘠的土地，只要有雨水、阳光，你就没有理由不长出拥抱蓝天的傲骨。只要前方有一线光亮，你就没有理由给自己找个借口，用沮丧浇灭奋斗事业的种子。

让我们勇敢地面对现实，面对未来，拥抱明天，学会搏击、学会冲刺、学会奋斗，用我们对生活的美好向往，去接受挑战，去收获战胜困难的信心和艰辛耕耘的成功。

送给您最珍贵的十分爱

也许注定不可能　但我的心还要坚持
我把我能分享的都给你　除了风险
我把我能给你的都给你　除了誓言
现要送给你　我这十分最深爱的珍藏
一分不变的喜欢　一分永远的尊重
一分时刻的关心　一分温暖的体贴
一分难忘的缠绵　一分无微的牵挂
一分深刻的理解　一分博大的宽容
一分不倦的珍惜　一分永恒的依恋

如果您感受到了并承载这简单而丰厚的情爱与思恋,那么您就得到了人世间最浓厚最永久的爱。你要是能把它送给你的亲人、爱人、友人,那么他们就是人世间最最幸福的人。

杜鹃花

闲暇之时，在街上游闲地散步，心中忽然萌发出一个念头，想买盆赏心悦目的漂亮花卉，摆放在我们办公室明亮的窗前，以调节大家的心情。于是信步走进花店。我看到了富贵的牡丹花，看到了高雅的黄菊花，看到了粉红色的水仙，还看到了大叶的红海棠。在这些多姿多彩、妩媚娇艳的众多花卉中，惟有一盆不起眼的杜鹃花，它映入了我的眼帘。

杜鹃花，栽在一个直径50厘米的白色陶瓷花盆中，瓷花盆上铀着“锦上添花”。杜鹃花的花杆粗如拇指，花树身高约50厘米，花形如同一把打开的伞，花伞上缀满了含苞欲放的花蕾和点点星星开放着的几朵花束。买回这盆杜鹃花，我们大家倍加关心爱护它，浇水、施肥、修枝是我们上班每天必须要做的一件事。一天天地过去了，杜鹃花悄悄地把花伞上所有的花蕾全部绽放开了，红彤彤的、火焰焰的，一朵朵杜鹃花三五一束，在无数绿叶的衬托簇拥下，杜鹃花开得那样奔放、那样灿烂、那样夺目、那样娇艳。

这盆盛开的杜鹃花，用它的艳丽打动了每一个人的心；用它散发出的淡淡清香，沁入了每一个人的肺腑；用它的妖娆博得了大家的声声赞誉。它没有辜负大家对它的关心和对它的爱。原来我搞不明白当时为什么会在众多花卉中毫不犹豫地选中了它，直到今天才明白：是它的内涵和美好在召唤、吸引、和感染着我。

打造美丽

追根溯源3000年社会文明发展的脚印，美在我们历史的长河中，留下了无尽的光辉篇章。中国宏伟壮观的长城、气势磅礴的紫金城，华美的传世瑰宝唐三彩……这些杰出灿烂的文化遗产中无一不孕育着美的精髓。

在人类的文明发展过程中，从古猿人的树皮草衣，到现代人的绫罗绸缎；从头上的针钗，到现在五光十色的发卡；从长裙大裳，到西装礼服，仅从人们的衣着改变，就让我们领略了人们对美的钟爱与崇尚。

爱美之心人皆有之，对美的欣赏和嗜好各有不同，对美的追求是每一个人的权利。它不分老少，它不分贵贱。美的头发，可长可短，可以飘逸，可以盘卷，但要秀发润泽，顺畅，不可杂乱无章，头屑飘零。衣着的颜色，艳丽能穿出激情，暗淡能映衬端庄，衣着颜色的选择与人的年龄、肤色、爱好、心情有直接关系，俗言道：穿衣为悦人，应当是先悦己而后悦人。穿衣不单是为了避寒保暖，遮羞护体，穿衣是一种文化，一种内涵，一种心情，一种爱好。总之，衣着要得体干净、明快爽心、顺意悦目。我们通过衣着装饰，可以看出一个时代，一种气息，一种心情，一种精神，一种风貌。虽然穿着是一种现象，但也是一种内心反馈，是一种时尚潮流。我们虽不能以貌取人，但可以通过对现象的观察，总能看到一点本质。

在注重衣着发式的同时，还要更加注重肤色、体味、气色、姿态。仅有外表的装饰是不够的，还要拥有健康的体魄，有了健康，面部才会容光焕发，双眼才能炯炯有神；拥有健康，才可能步履轻盈，身姿矫健，精神抖擞，芬芳飘溢。一个人的健康还要以心情愉快作为基石，文化修养作为底蕴，崇尚美的心态作为依托。从注重局部到注重全身，从注重外表到注重内涵。只有整体调整，全面提高，才能塑造出真实、自然、健康的美。

美——需要色彩、需要装饰、需要时尚、需要跟随潮流，但美更需要内涵、需要纯朴、需要自然。美离不开健康、离不开文化、离不开修养、离不开道德。只有把它们融合到一起，让我们感受和领略的美才真实，才具有魅力、具有吸引力、具有感染力，才更具有生命力。做女人就要做一个自己想做的女人，让我们用心、用爱、用情，用我们自己的意愿打造出最经典的美。

把握姿态

生活中每一个女人,她的姿色,她的气态,我们认为是与生俱来的。这不是我们主观臆想可以随意支配和改变的。

女人的肤色有白润有黄黑;女人的眉眼有细长有粗大;女人的手有细嫩有粗糙;女人的足有大有小;女人的步伐有快有慢;女人的脾气有刚有柔。在这人人都有的五官肢体中,每一个人因为禀受了不同的传承,她们所展现给社会的外观形态截然不同。

有的柔弱娇小,有的刚正不阿;有的温柔谦逊,有的机灵活泼;有的生机勃勃,有的文静贤慧;有的高贵典雅,有的抑郁愁闷。这些不同姿态的显现,多多少少与人的内在性格,言谈举止,处事风格,生活阅历和文化修养有着根本的联系。

但这并不能完全凭相貌和直觉,就定论一个人的品性。人的姿态是多方面的,如一个柔弱娇小的人,她可能有一颗坚强的心;一个看似刚强的人其实她非常脆弱;貌似温柔的人,也许内心无比卑劣。人的外貌与其内心是不尽一致的。

如果想让自己的姿态表里一致,要想让自己的姿态得到修正,得到升华,令人赞赏,我们就要在禀受先天之形的同时,要在平常的生活中,从一点一滴做起,取长补短,加强文化道德修养,注重言谈举止,按照自己的宿愿,把自己喜欢和欣赏的姿态,慢慢酝酿充实,用一言一行,积石成山之功,证实你的修炼。相信你会重塑和把握好自己的美好姿态。

蔷薇花

你见过花卉，见过花坛，见过花园，但也许没有见过花树。尤其是由蔷薇花搭建的人工花树，它像黄山上的迎客松，它像美丽开屏的孔雀，它绚丽多彩。在夜色灯火的映衬下，像火树银花；在月光的映衬下，像嫦娥手中的火把；在春光明媚的花园街头，因为它的花团锦簇、它的多姿多彩，它的五彩斑斓和奇特旖旎的造型，引来人们众多欣赏赞叹的目光与话语。它现在已由过去普通的落叶灌木，茎上多刺，夏初开花，有红、白、黄、紫、兰等多种单一小花，喜欢生长在不起眼的灌木丛中，在花匠的精心塑造引领熏陶下，发挥优势，取长补短，改变为喜欢热烈、喜欢团结、喜欢追求的大胆个性，充分享受大自然赋予的使命，并展现给人们以最美丽的姿容。女子也是同样可以通过时间、岁月、经历和磨难而改变的。从一个无忧无虑的青年，到一个成熟严谨的母亲；从一个天真幼稚的学生，到一个身着白衣的医务工作者。是生活教育了她，是岁月让她成熟，是经历和磨难让她觉悟。

她就像是小小蔷薇花，在亲情、友情、爱情的呵护下，在家庭、社会的大花园中，和所有的五色蔷微花紧紧簇拥，正享受着雨露的滋润、享受阳光的温暖、享受大家庭的欢乐、享受美好的生活。她现在很高兴，她现在很快乐，她现在非常非常热爱她的生活，热爱她的工作，更热爱给予她幸福的家。

金色的秋天

在风花雪夜白皑皑的冬季里，和所有的童年孩子一样，在田野里飞奔，在雪地里翻滚，过年的热闹场景，像电影画面一样，一幕一幕展现在眼前。看着妈妈灶膛里火红的柴光，闻着锅里炖着香气飘溢的烧肉，端着一盘盘热气腾腾的饺子。孩子的心沸腾了。打着灯笼，放着鞭炮，在房前院后尽情地玩耍，那疯劲到现在都历历在目。不论严冬多么寒冷，无论风雪多么凛冽，在爸爸妈妈温暖的怀抱中，从未感觉到一丝寒意，倒是在妈妈的怀中听着大人们唠嗑时，双眼对迎接今后美好生活充满了憧憬。

走出校门，踏上人生的征途，一时间没有了依靠，缺少了搀扶，只有自己凭着勤奋、揣着拼搏、带着努力，走向财务战线。从一个帐簿、一把算盘、一张简陋的办公桌和破旧而冒着煤烟的火炉开始，从一点一滴做起，天长曰久，年复一年，重复着枯燥艰辛的财务工作。桌上的帐簿越来越厚，带在胳膊上的套袖换了又换，为了知识更新，一次又一次地参加自学考试；为了工作，加了无数个数不清的夜班；为了给国家和集体算好帐、把好关，呕心沥血，忘我地工作。因为自己的不懈努力和奋发图强，使自己在工作中铸建了人生丰碑，从一名普通的财务人员，经过不断地积极上进和掌握高新科技，现在已经被社会的大熔炉炼就成了又红又专、名符其实的业务精英。

秋天来了，满山遍野都能看到金黄灿灿的秋景。果园

的枝头上挂满了丰硕的果实，渔民的船仓里装满了歌声，听着晒场上的隆隆机声，让我们看到了你的笑容，像盛开的鲜花一样灿烂、你的心情像孩童时代那样浪漫，你的事业蓬勃发展，你的家庭温馨幸福。

你现在就像秋天香山上的片片红枫叶，就像仙境蟠桃园里的一枚熟透了的红蟠桃，就像秋天里田野中的一缕麦穗。你在认真品味、欣赏着金色秋天的美景，你在充分享受和吸吮着金色秋天带来的丰收喜悦。看到自己用辛勤耕耘的劳动，换来的丰硕成果，你想想，你不幸福谁幸福。

翠羽 青竹 筝

翠羽翘首枝头　青竹节节绿茵
筝置石上犹如音清茶一杯香飘溢

读完这首诗，仿佛看到了一只翠鸟站在绿茵茵的枝头上叽叽谛语，也感受到了一片片绿茵茵的青竹沐浴着晨光，一个纯朴的古筝放在青石板上，伴在旁边的是一杯清香飘溢的茗茶。

这不是一首诗，它讲诉了一位淑女，她如同机灵敏捷的翠鸟，在心情爽朗时，她欢唱雀跃；她还像青竹一样，有绿的情怀，自然而美；她的身上还有筝的纯朴典雅，只是掩饰得很深，不被人们所知，如同一杯茗茶清香飘溢，需要品味。她喜欢平平淡淡，她喜欢悠闲自得，她喜欢平凡祥和。

正是这样，她的独特品味应运而生，这是大自然赋予的，她崇尚自然，她喜欢美、她热爱生活、她主宰平凡。她有翠鸟的精灵、有青竹的气节、有筝的纯朴、有茗茶的清香。这不仅仅是一个人的品质，这其实就是一幅浓缩了人的性格、品味，要人寻味、耐人思索、让人难以忘怀的动人画卷

送给您无数个祝福

在您寂寞无奈之际，我会很快感受您的酸楚，我会让夜晚的秋风送去我对您无声的问候。在您默默流泪、痛苦无助的时候，我会悄悄陪伴着您，为您点燃心中的蜡烛。在您欢庆笑语的时候，我的心会和您一起澎湃。

在您取得成绩辉煌的时候，我会手捧鲜花在人生的路途中等待您。不论您的今天和明天是如何的不同，对你的关爱永远都不会改变。无论世事多么变迁，对你的情同样不会改变。

你是幸运的宠儿，你是大地的骄子，你是海的女儿。你应该非常高兴，你有上苍的厚爱，你会有无数祝福在追随着你，它近在咫尺，只要你热爱生活它就会永远跟随着你。

敢在磨难石上倒立的人

每个人在生活中都会遇到很多困难，但是怎样对待困难，每个人却有着自己的生活哲理。有的人看到困难便会远离而去；有的人碰到困难则会绕道而行；有的人看到困难驻步不前，有的人碰到困难可跨越而过，还有另外一种人，他既没有能力跨越障碍，但又不愿意在困难面前退缩，他勇敢地采取了在磨难石上倒立的方法，首先敢于向困难挑战，接着勇于排除困难，同时采取智谋，在磨难石上倒立，成为一个把困难压在头顶下的人。

他在探索、他在尝试、他在感觉，当他没有能力把困难举起来的时候，他在磨难石前翻身跳跃，他跨跃了磨难石，他用毅力战胜了困难，他是成功者。另一种人，他选择了新的挑战方式，他在磨难石上倒立，他有能力时，他会把磨难石高高举起，扫除挡在人生路上的困难，并把它抛到九霄云外。当他无力举起磨难石时，他会巧妙地选择翻身飞越磨难石。他进步了、他升华了，他同样是胜利者。

我赞赏勇敢举起磨难石的人；我欣赏飞身跨跃困难的人；我更喜欢用智慧排除困难的这种人。只要他有勇气，敢在磨难石上倒立，他的思想、他的行为就已经向我们宣布，他一定有战胜困难的很多种办法。

红白鸡冠花

鸡冠花是千万种中草药中的一种，它是苋科植物鸡冠花的花序。它有红白两种颜色，与它们的名字一样，鸡冠花的花序，就像那一唱雄鸡天下白的主人翁鸡冠。红色鸡冠花在开放时，红艳艳、红彤彤的，仔细端详用手抚摸又像是那一团团跳动的火焰、一面面飘扬的旗帜、一束束红樱穗。白色的鸡冠花其花序则洁白如雪，在绿叶的衬托下，它就像是一只只绿色的孔雀，在大地中骄傲地漫步。在古代医书《滇南本草》《本草纲目》中记载：鸡冠花专治妇人崩中漏下。现代医学考证：鸡冠花性味甘凉，功效能凉血止血止带。在医疗中医生用红白鸡冠花各半量水煎服，可以治疗女性月经不调；红鸡冠花研磨空酒调服，可治女性月水不止；白鸡冠花研磨酒调服下，可治妇人赤白带下。由红白鸡冠花制成的注射液还可以治疗女性慢性盆腔炎。

作者在中医生涯中，吸取古人精华，经过临床实践，多次应用鸡冠花治疗女性功能性子宫出血，收到满意的治疗效果。为了深入广泛地开拓鸡冠花的药力药效，经过努力研究，反复实践，大胆创新，科学配方，我配制出了中药秘方“鸡冠花口服液”，在临床上专用于治疗多种原因导致的女性功能性子宫出血。在临床治疗中屡建奇功。最终又名“血见愁口服液”，向国家申报专利，获得国家知识产权局频发的中药发明专利证书。

鸡冠花它现在不仅仅是一味中药妇科良药；不仅仅是一剂用它为主药发明的中药专利秘方，更主要的是因为它的美丽、它的鲜艳、它的漂亮、它的奇异、它的别样风采，已经在许许多多地方，被人们选做装饰美化城市街道风景的美丽花卉，让更多的人认识它、欣赏它、领悟它。

飘动的心伞

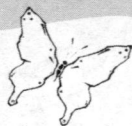

绿茵茵的草地上，天空淅淅沥沥地下着小雨，蘑菇在小雨的召唤下，在绿草地上悄悄地撑开了它的白伞。下雨了，蚂蚁在奔跑，甲虫在爬行，它们都要赶快跑到蘑菇的伞下去躲避风雨并讲述和讨论他们的游戏规则。

在森林中，在树梢上，金黄色的小松鼠们正在蹦蹦跳跳，树上树下地忙碌，他们在采集搬运松籽，准备过冬的粮食。小松鼠累了，就舒展身心，静静地趴在树叉上休息，冷了、凉了就把自己毛绒绒的长尾巴当成最暖和的被子轻轻地盖在自己身上，有 “敌人”来了，睡梦中的小松鼠惊恐了，它的双眼警惕地张望四周，查看“敌情”，感觉情况不妙，经判断有危险，它便立即把他的长尾巴当成降落伞，迅速机敏地从树上跳下，就像天空降落的伞兵一样，景观壮丽，身姿优美。小松鼠跑了，他躲避了风险和袭击，它去了它认为最安全的地方。

伞是为人们躲避风雨的，在外行走的人不管碰到多少风风雨雨，只要有把伞握在手中，不管它是粉红色、蓝色、花色；不管它是竹伞、是油伞、是布伞；不管是和朋友走，还是自己独行，和同事走，和爱人走，还是自己独行，

你都不会被雨淋湿，走得风雨无阻。

雪梅发屋

我有一位朋友，她年轻漂亮，具有中国传统女性的温柔，从外观上看她，她低声细语，从不激奋；从她的为人处事看，她待人彬彬有礼，温文尔雅。她从年轻时就用自己柔弱的双肩和聪明才智、勤劳的双手，学会了发饰手艺，创建了她的天地，开拓了自己的事业。

她为自己创下品牌，打造了“雪梅发屋”。她对每一位顾客都热忱服务，对每一位顾客都全心全意。不分老幼，不分男女，不分地位，不以貌取人。她用自己聪慧的头脑和灵巧的双手为每一位爱美的女性细心梳理每一根发丝，认真仔细卷烫每一缕秀发。耐心地焗好每一次发油，精心设计每一种发型。她用自己的双手轻柔地为每一位顾客洗头、剪发、吹风。每次她的艰辛、她的付出都得到顾客们的声声赞许。她也因此脸上常挂着满意的笑容。

她喜欢自己的选择，她爱自己的工作，她有温馨的家庭，她有至爱的丈夫，她更有自己疼爱的女儿，她还有自己的姐妹朋友。她在生活中，用自己的信念，自己的品德，自己的经营理念，使她的事业有成、蓬勃发展、家庭幸福、合家欢乐、女儿乖巧、丈夫体贴、亲情浓烈、朋友多多。她把自己的事业与她幸福的家庭和众多的友情紧紧凝结在一起，让她感到人生无比充实，人生非常幸福，人生回味无穷。

身着红袍的枸杞子

枸杞子是低矮灌木茄科植物，小叶细枝，其成熟果实全身橙红,如同身着大红袍。在秋天的时候,从远处遥望枸杞灌林,就像郁郁葱葱的绿色锦缎上缀满了数不清的荧火虫，走近枸杞林,摘下一颗枸杞放在手中凝视,它红红的,软软的,像是相思豆,但不够大;像是葡萄,但小了点。哪它像是什么呢?枸杞就是枸杞,把它放在嘴里品味,感受到的是一丝丝的甘甜,再看看它,更像是身着红袍的羞涩少女。

枸杞子性味甘平,归经入肝肾,功效是能滋补肝肾。枸杞子可以治疗因为肝血不足导致的女性月经过少,月经推后。可以治疗女性月经后、产后腰痛,还可以治疗产后虚弱,并能养血明目。用枸杞子配方的中医名方很多,如杞菊地黄丸、人参大补元煎、五子衍宗丸、右归饮、补肾丸等,主要是治疗肾虚、肝血不足、男女不孕、低血压等多种身体虚弱疾病。

在民间用枸杞乳鸽煲汤可治产后体虚,用枸杞当归羊肉炖汤可以暖体强身,用枸杞、百合、冰糖调羹,可以润肺明目。

用枸杞粟子熬糯米粥,可以治女性体虚腹痛,枸杞黄精泡酒可以升高血压,增强免疫。现代用枸杞酿造的枸杞红酒,那更把身着红袍的枸杞子演绎诠释得淋漓尽致——杞浓情更浓。您若有闲情逸致,可以把她细细研究,深深品味。

独参汤的中医新年工作部署

独参汤召集二妙散、三子养亲汤、四君子汤、五子衍宗丸、六味地黄丸、七厘散、八珍汤、九味羌活散、十全大补丸等所有处方在暖宫（丸）开会，共同商议安排中医方剂的新年预防保健工作。

独参汤说今年气候异常，大家要当心流感暴发，麻黄散、桂枝汤、防风通圣汤说如果是风寒类型由我们负责，银翘散、桑菊饮、清瘟败毒饮起立表示，凡属于风热类型那是我们的责任。

独参汤说春季来临要防止传染病，清营汤、犀角地黄汤、白虎汤和竹叶石膏汤说凡是血热湿毒由我们阻挡，若是气血两热还有黄连解毒汤、普济消毒丸和安宫牛黄丸在等待。夏季暑天怎么办？香薷散、清暑益气汤、牛黄清心丸、小儿回春丹说有我们和六一散来清暑解热。

独参汤提到暴饮暴食导致消化不良，保和丸、香砂枳术丸、健脾丸、枳实消痞丸表态我们能消食导滞，健脾开胃，助消化。

秋冬季的外感风寒内受寒湿之时，所致风湿和脾胃虚寒由谁承担负责？独活寄生汤、桂枝附子汤、蠲痹汤说我们来温经散寒，祛风除湿。温胃散、六和汤、麝香正气散、连朴饮说我们可以温胃散寒，健脾除湿。

独参汤又谈到气滞血瘀，就由越鞠丸，加味乌药汤、瓜蒌薤白半夏汤理气行滞，桃红四物汤、生化汤、血府逐瘀汤、宣郁通经汤来活血化瘀；身体虚弱则由人参归脾丸、暖肝煎、天王补心丹、补中益气汤调理，连梅安蛔汤负责驱蛔虫，仙方活命饮主治疮痈，磁朱丸安神，柴胡龙骨牡蛎散壮骨，苏子降气汤定喘。

最后独参汤说，新年中医处方工作部署完毕，大家在各自的岗位上严阵以待，遇到疾病，要根据医生的统一调配去认真做好自己的工作，不得掉以轻心，玩忽职守。

音容 脚步 个性

每一个女性在她人生的征途上，都撒满了阵阵欢声笑语和滴滴泪水；每一个女性在她生活的道路上都留下了她一串串辛劳的脚印；每一个女性都必须在她为之奋斗、生存和寄托的家庭中，烙下自己真实的个性。

也许有的人，在她的人生路上，走得很仓促；也许有的人，走得很急促；也许有的人，走得很优雅；也许有的人，走得犹豫不决；也许有的人，走得坚定不移，但她们都必须毫无选择地，走完她们自己每一个人的人生轨迹。也许有的人，她淡白如水；也许有的人，她激昂高亢；也许有的人，她温和豁达；也许有的人，她要吟情低诉，但这都从不同侧面展现了她们独自的人格魅力、人生特性和她们自己的人生观。

女人的个性是她们在大海中行驶的风帆，女人的音容是这个世界的焦点，女人的笑声是时代的风铃，女人的脚步是社会进步的车轮，女人的生活需要用色彩渲染。不管她们在人生的道路上留下怎样的记忆，撒下何种笑声，镌刻什么画卷；不论她们在自己的生活工作中，作出平凡或辉煌的业绩；不论她们的人生是幸运还是曲折，是幸福还是忧伤；最终她们都要用自己的身心、智慧和心灵，凝结着她们的晶莹汗水和心血，奏响自己人生最美妙、最悦耳的人生进行曲。

青梅竹马

看到“青梅竹马”,人们就容易联想到的人。白云朵朵,绿水苍茫,有对佳人在海滩嬉戏,在湖边徘徊,在月光下喃喃私语。我们虽然是“青梅竹马”,但我们是医苑杏林中的四个无名小卒,我们是青蒿、乌梅、竹叶、马齿苋四姐妹,我们没有过多的缠绵情思,从不相识,没有醒目的壮举,未曾相遇过,但我们四姐妹也有共同的特性。

我们“青梅竹马”指的是青蒿、乌梅、竹叶、马齿苋四味中草药,青蒿是菊科植物,或黄花蒿的全草,性味辛寒,入肝胆,可清热除蒸解暑。乌梅是蔷薇科植物梅的果实,性味酸温,能收敛止血、生津。竹叶是和本科植物淡竹的叶,性味淡而,有清热除蒸,止血消肿。

我们是四类不同科目,不同种类的中药,有全草、有果实、有片叶。虽然我们曾经素不相识,但我们所具的共性,又让我们萍水相逢。我们姐妹共同具有寒凉之性、具有清热之功、具有收敛之效,还有止血之力。因此我们“青梅竹马”姐妹的强力组合能够专门治疗因炎症或(湿热伤络)导致的女性月经过多、崩中漏下、子宫肌瘤、产后子宫复旧不良、人流放环后子宫出血等多种妇科子宫出血病变。

我们“青梅竹马”四姐妹虽不能带给你现代气息,不能带给你浪漫情怀,不能让你激情涌动,但我们在名医慧眼组方中，可以为众多患有妇科炎症，妇科出血疾病的姐妹们解除疾苦；只要我们被选中，只要让我们出击，只要服用了“青梅竹马”，我们就一定要以排山倒海之势，祛除病因，平熄内热，迅速止血，铲除炎症，压倒病魔。如果不相信您可以来验证。

金山百灵

在阿尔泰山脉的脚下，在额尔齐斯潺潺流水的河畔，在金山绿色的草原上，有一只金色的百灵鸟，她在欢笑，她歌唱，她在耕耘，她在播种幸福。

她从小热爱生活，热爱音乐。她性格倔强，她热情奔放，她对自己酷爱的事业执着追求，她从不畏惧艰辛，更不被困难所吓倒，把自己的青春献给自己热爱的音乐事业。

为了自己的音乐事业，学习学习再学习，奋斗奋斗再奋斗，拼搏拼搏再拼搏，潜心研究，仔细琢磨，认真总结，反复实践，终于探索出自己的音乐之路，在这条音乐之路上，流下了数不尽的泪，撒下了多少看不见的汗水，负出了多少心血和激情。

这只金山百灵的汗水唤醒了沉睡的阿尔泰山脉，她的热情换来了阿尔泰草原的新绿，她的心血让大地开满了灿烂的鲜花。她呕心沥血，用自己的爱哺育多少少儿步上音乐的神圣殿堂，她用自己的满腔热忱引领多少喜欢和热爱音乐的人走上音乐之路，感受音乐的旋律，享受音乐的美丽。她用自己汗水编织了人们心中的绿草地，她用自己的心血让喜爱音乐的人们心中阳光灿烂，心中开满鲜花。她没有满足，她没有骄傲，她更没有停止她自己事业的脚步，她风雨无阻，她骄阳不怕，每天都在自己的岗位上书写着事业的丰碑。苍穹有眼，大地有情，回首展望她已是硕果累累，桃李满天下。

她向是被太阳洗濯而神采奕奕，她向是被大地沐浴而清新爽朗，她双眸如秋水般盈盈闪烁。她的睿智、大度、幽默和风趣震撼每一位学子。她对每一位学子都尊爱有加，在学习音乐的时间里，大家都在她的鼓励下信心百倍，每一位学子的进步都浸满了她激励和掌声。

她把自己的青春系上了风铃，她用她那对事业执着追求的精神，吹拂摇曳着琴声不断，歌声荡漾的风铃。在这只风铃的召唤下，有十只、百只、千只百灵鸟在她的带领下唱着她们心中的歌，抒发她们心中的热情，吟颂着她们对生活的感激和热爱。这只金山百灵她不仅在阿尔泰的草原、山脉、天空上飞翔，她更是栖息和扎根在阿尔泰热爱音乐人们的心中。

古老的水上风车

它是我们遥远记忆的画面，虽然古老，但它却记录了历史的沧桑，它虽然陈旧，却能在风的推动下勤奋耕耘，古老的水上风车，它是古人智慧的精品，古老的风车是人类远古文化的写真。

它的运行没有机车的轰鸣，它的旋转闻不道煤油的石香，它不需要过多的关注，它只需要风的摇曳，它不需要人的护理，它只需要水的滂依，它要把滋润土地的命脉，努力的一点一滴的，翻转到渠中田里。

古老的水上风车，它耸立在田间溪水旁，它在骄阳烈日的炎热中，吱吱扭扭的独唱，从不停止。它是庄稼生命的源泉，它是庄稼的护卫神。它气势磅礴，它是先古们英雄的创举。大地在呼唤它，知了在歌唱它，风儿推动着它，秋天的收获等待着它。历史虽已远久，但古老的水上风车却没有停止它的旋转。沿古至今，它的身影，在乡间、在农村、在广阔的田野里，在人们深刻的记忆里，现仍然依稀可见。

中草药五子游园

大清枣，车前子便被晨曦摇醒，让它叫上五味子，牛蒡子，兔丝子，天葵子，五个一起去游园，它们来到生地，走进花园，首先看到的是红花，牡丹、金银花、黄菊、紫花地丁的争香斗妍之景，车前子立即给它们防风、浇水，爬到山上走进果林，看见挂满枝头的山楂、乌梅和满山遍野的枳实，五味子兴奋不已，走在路上望着天门冬、天麻、天仙藤，牛蒡子引吭高歌，唱起了当归谣。

五味子的喧闹让蒲公英飞舞，仙人掌探头，夏枯草招手，木蝴蝶展翅。兔丝子拿起了阳起石，在合欢皮上奋力写下了王不留行、石见穿、千里光尽在眼底。天葵子把凤尾草，仙鹤草紧紧地缠绕在夜交藤，鸡血藤、络石藤上。五子们一路观光，一路游，看到珍珠母，海蛤壳，捧着海金沙，一个个望着椰树上的槟榔，那一双双龙眼里都放出光芒，看到满地一片翠绿的鱼腥草、地锦草、鹿衔草和番泻叶，它们吹响水牛角，又找到了山间，花园，草地，树上的月季花，郁金，绿萼梅，猕猴桃，娑罗子和阿胶，紫珠，大家一起，蝉蜕在歌唱，人参在跳舞，牡蛎在鼓掌，穿山甲在给五子们倒孩儿茶。

很快夕阳要落山了，五子们只好一起告别墨莲、藕节、地龙、猪苓的千般挽留，并告诉它们明年还要叫上甘草、甘松、石苇、白头翁，领上芫花、杜仲、青箱子和胡黄连一起明年大家再相会。

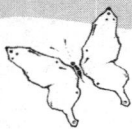

悠悠额河情

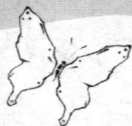

我们这里有一条与巡常有异的河流，它的名字叫额尔齐斯河，她在春天，如同美丽少女飘然的裙带；她在夏季，如同山脉中的绿宝石；她在秋季，如同天上的彩云；她在冬季，如同洁白柔丽的哈达，它总是静静的向西，逆行淌流。

她的河床两旁绿树葱郁，牛羊成群。河水清盈剔透涓涓湍流。她的水中鱼类繁多、品种奇特。她的源头从雪山中走出，弯延转折走向北冰洋。

她象母亲一样哺育着我们西北边陲的一片沃土，她象母亲一样哺育着额河两畔的千万名中华儿女，她无私地奉献了自己的青春，她用真诚滋润了边疆万倾良田。大地赞扬它的丰功，高山喷涌她的温情，绿草铺垫她的情怀，人民珍爱她的每一滴水，悠悠流淌的额河水啊！你的水长，历史长，却比不上你对额河两畔人民的养育之情长。

把信念坚持到底

虽然因为善良曾倍受欺骗，但是我仍然要求自己从尚善良。虽然我因为幼稚,多次蒙受苦难,但是我仍然让自己坚守诺言。虽然我曾遭遇冷落,但我却从不畏惧。

我对自己选择的人生之路从不后悔。只要我们所坚守的信念是正确的,无论如何,我们的心是坦然的。在当今之时,只要人的精神面貌,人的精神境界,人的精神支柱,人的精神状态,人的精神生活是充实的,那她就是最幸福的人。

让我们把我们坚守的人生信念坚持到底。

莲

她是多年生草本植物，喜爱生长在水中。叶子大而圆，叫莲叶。结出的花朵有粉红色、白色两种，叫莲花。种子包裹在倒圆锥形的花蕊中，叫莲子。深埋在泥泞中的根茎叫藕。这时候我们知道了，莲花就是荷花。她又称水莲，还叫睡莲。

莲只所以得到人们的称赞，是因为莲花的美丽与朴实，莲叶的圆润与开阔，莲子的清香与甘甜，让人们忘却了她是从泥泞中超脱而出，正是因为藕断丝连，又让人们联想到她还有扎根泥潭的根茎。藕虽然在泥潭深处无法表白展示她的真实，但当人们把她从泥泞中清洗出来后，便又如同像看到莲一样，她是那样的洁白，那样的甜润，那样的坦然。让我们懂得了莲花、莲叶、莲子、莲藕她们是心灵相约，血脉相融，心心相印。

莲无言无语，莲花朝开幕合，默默地生长在浅水中，她从不埋怨泥塘的污浊，从不嫌弃身旁的芦苇荡，从不需要过多的关注，而是在春风的吹拂和阳光的照耀下，把自己的所有都奉献给了人们，并且仍然出落得美丽而大方。

我喜欢莲，颂爱莲，不仅是因为她的风姿、她的色彩和她的美，更是因为她的纯朴、她的宁静、她的恬淡、她的执着、她的奉献和她那出污泥而不染的精神。我对莲的喜与爱终身都不会改变。

烟花雾雨

看到烟花雾雨时，首先感受的是笼罩和朦胧。就是这一层层淡淡的、滚滚而来的烟花红尘，它夹杂着情感，浓缩着趣味，带着潮流时尚，包裹着世俗与偏见，涌动着人间的尘埃、虚伪、欺榨、掠夺，飘浮在世间，让我们茫然，让我们看不清真假，让我们迷失方向；正是这阵阵雾雨，缭绕在眼前，洒洒沥沥，让我们的内心潮湿，如同阴雨密布，把我们生活的热情熄灭，让我们在人生的海洋中颠簸。

无论烟花雾雨怎样笼罩，但最终都会被温暖的阳光驱散，无论烟花雾雨怎样缭绕飘浮，都会被正义的东风吹开。烟花雾雨带给人们的朦胧是暂时的，我们不要在困惑中萎缩，也不要让虚伪和飘渺说服，更不要跟着烟花雾雨随波逐流。

不论烟花雾雨怎样千变万化，被它所笼罩的高山从不会改变自己的真面目；不论烟花雾雨怎样变幻无穷，长流的河水不会停止它的脚步；人世间真、善、美的本质从不会被抹杀。

是时光、岁月和年华，在阳光正义的维护下，为我们辨清真伪，粉碎阴谋，驱赶黑暗，伸张正义。是时光、岁月和年华与高山、长河一起见证历史，歌颂真、善、美的真谛，传承社会文明和人类的火炬。是时光、岁月、年华和事实写照，给了我们一双慧眼，让我们把这世界看得真真切切。